黑·吳阿明·投佛

|著| 無聊種子

|繪| KIDISLAND·兒童島

目錄

第一章

（一）

暮色斜陽映照在一大片綠油油的稻田上，放眼望去稻田中錯落了幾戶零星的人家，這是我所居住的小鎮，一個雞不生蛋、鳥不拉屎、烏龜不靠岸的鬼地方。

在無名的道路旁，一間二層樓半的灰色房子，是我從小住大的家，周圍繞著田地，最近的便利商店離我家有一公里遠，生活自然沒有像都市那樣便利，但習慣了倒也還好。

這天是一個非常普通的放學後傍晚，我騎著腳踏車和青梅竹馬言亦卿悠閒地從火車站回家，回家前還順便在火車站附近熱鬧的商圈地帶包了便當，今天媽媽上小夜班，家裡只有我一個人，我還盤算著晚上可以將書包裡幾本違禁的ＢＬ漫畫拿出來看，悠悠哉哉地度過一晚。

反正才剛開學，功課也不多。

言亦卿很羨慕我，他本來也想到我家和我一起看漫書聊天，但不巧，今天他爺爺作壽，他被叮嚀一定要早點回家給爺爺過壽。

他爺爺是他們家最有威嚴的長輩，身為長子長孫的他實在無法遲到缺席，只好含淚在半途中跟我道別。

「我明天再到妳家看那本《絕對無敵大肌肉男》，妳先不要借給別人喔！」他咬著手指，嬌聲地對我離去的身影大喊。

也虧得四下無人，不然這句話被別人聽到一定滿臉驚恐。

我邊騎著車，邊抬手對他比了個ＯＫ的手勢。

「還有《抵抗不了的淫魔誘惑》和《心愛的大根君》……」

我很快地將ＯＫ的手勢換成中指，才終於換得身後的那個人閉嘴。

對一個女孩子大剌剌地把那種淫穢不堪的書名念出來這樣對嗎？

瀟灑地和言亦卿分別後，我很快地就回到家門口。

拉開銀灰色的鐵門，把腳踏車停進院子，我們家的院子不小，足以停兩三輛車，不過現在只有一臺落了灰的轎車，死氣沉沉地停在院子的最裡面，彷彿與世隔絕。

我拿出鑰匙，打開了大門，將晚餐放在餐桌上，拎著書包上樓，打算先放好書包再來享用我的晚餐。

二樓有兩間房，一間是我媽的房間，一間小的是我的房間，但現在我媽還沒回來，整個家都是我一個人的。

多麼棒的享受！

我哼著歌，心情很好地打開房間。

從窗戶透進來，夕陽金黃色的餘暉中，有個人影站在我房間裡。

我頓時嚇得不敢動彈。

那是一個四十多歲的大叔，穿著黑色加上金屬飾條的皮夾克，牛仔褲配寬腰帶，梳著高角度的油頭，油頭上還插著黑色墨鏡，一身只有在舊港片裡看過的造型，就這麼突兀地出現在我房間裡。

看見我站在門口，那位大叔臉上表情又驚又喜，用著甜膩噁心的語調邊喊邊向我撲了過來。

「珊珊寶貝，妳回來啦！」

馬的！我一定是見鬼了！不然我怎麼會看見我那死了半年多的老爸出現在我房間裡呢？

（二）

「砰」的一聲，我在那個疑似我爸的中年大叔快碰到我之前將門關上。

剛剛那是幻覺吧？那怎麼可能會是我爸呢？

我爸是一名遊覽車司機，半年多前載了一團進香團從彰化回臺北的路上，突然胸口不適，強撐著身體把車停到路邊後，就倒了下去。

這一倒下沒再起來過。

當時這件事還上了新聞版面，人人稱讚他是個英雄，直到最後一刻都不忘自己的職責保護乘客，將車子停好後才倒下，不然依當時在高速公路上的情況很有可能會發生更嚴重的意外。

但他成了別人的英雄，我和我媽卻成了孤兒寡母，除了一筆慰問金和幾張獎狀外就什麼也沒有了。

幾個爸爸生前的同事為我們忿忿不平，直說爸爸的死是因為過勞，但遊覽車的老闆卻不願意對此負責。

而我們也沒有證據可以證明爸爸的死因究竟和工作有沒有關係。

畢竟遊覽車司機本來就是個工作量大、時間又長的行業，自我有印象以來，爸爸為了多賺錢，十天半個月不見他的蹤影是常有的事。我不知道這究竟算不算這行業常態，只知道因為工作讓我和爸爸的感情漸漸疏遠，常常一兩個月說不上十句話。

偶爾看見他在家裡，也因為他實在太累而不敢打擾他。

漸漸的我和爸爸的對話就只剩下「回來了」、「給我零用錢」之類，像例行公事一樣的對白。即使這一、兩年因為疫情使得工作量大減，但我和爸爸之間早已不知道該如何相處，見了面也像陌生人一樣尷尬。

只是沒想到好不容易疫情稍緩，遊覽車生意開始回溫，爸爸回去工作才忙沒幾個月就倒下，從此天人永隔。

因為發生得太突然，我和媽媽花了好幾個月才慢慢接受了這個現實。尤其是媽媽，她和爸爸的感情很好。聽說是很年輕時就在一起，後來不小心有了我，兩個人曾一度想過私奔，最後還是爸爸回去跪求外公外婆讓他們結婚，才有了我們現在這個家。

所以爸爸的驟逝對媽媽的打擊尤其大，短短幾個月人就消瘦了整整一圈，直到最近才好不容易打起精神來。

就在我和媽媽已經接受我爸不在的事實的現在，出現在我房間的那個人究竟是怎麼回事？

是人還是鬼？

無論如何，總是要打開房間門好好確認一次。

我深呼吸了幾次，讓自己冷靜下來，握著門把，慢慢地、小心地，不發出一絲聲響地將門推開，然後很快地掃了房間一眼。

沒有任何人。

所以剛剛……是幻覺嗎？

我小心地走進房間，仍不太放心地左右張望，甚至打開窗戶確認有沒有人跑出去。

當然什麼都沒有。

正當我鬆了一口氣，回頭要把書包放下時，一張熟悉的大叔臉陡然出現在我面前，離我非常地近。

「珊珊寶貝。」那個大叔還帶著奇怪的笑容，發出和我爸一樣的聲音，叫著我爸才會叫我的名字，對著我道：「妳回來啦！我等妳好久……」

「啊——」我忍不住放聲尖叫。

「啊——」大叔被我嚇到，也跟著我尖叫。

我尖叫了約有一兩分鐘，直到喘不過氣來才停下。

那個大叔才趁此空檔，忙著對我說：「珊珊寶貝，妳別怕……」

「啊啊——」他一開口，我又忍不住第二次尖叫。

大叔被我嚇得捂著耳朵連退兩三步。

這一次叫得比較短，大約三十秒我就停了。

可是我還是無法冷靜下來，抖著聲音問他：「你到底是誰？」

「寶貝，我是妳爸啊！妳認不出來了嗎？」

「可是我爸死掉了啊！」我幾乎要哭了出來，抖著手指指著他說：「而且我爸也不會穿成這樣，你到底是人是鬼啦？」

「我……我死掉了，當然是鬼……」

「啊啊——」聽到是鬼，我又崩潰了。「你是鬼怎麼出現在這裡嚇我啦！」

我簡直整個理智潰堤，感覺像是同時間看見五、六隻大蟑螂，還會飛一樣崩潰。

我為什麼會遇到這種事啊！

「寶貝、寶貝……妳別怕、妳冷靜點……」

「我怎麼冷靜？你是鬼耶！是鬼耶！」

媽啊！我這輩子從來就沒有陰陽眼，也從來沒遇見什麼靈異事件，那些照理說應該和我無緣的靈異神怪，為什麼今天偏偏給我遇上了？

「對，但、但我不會害妳啊！妳別怕……」

「誰不會怕鬼啦！」

「好好好……妳冷靜點、冷靜點……」

「你為什麼要變成鬼嚇我啦？」

我足足崩潰了好一陣子，甚至還哭了出來……這輩子大概沒有像現在這時刻那樣崩潰過。

但爸爸卻沒有因此離開，只是在旁邊不停安慰著我。

我不知道過了多久，等我哭到冷靜下來時，外面的天色都暗了，房間內也因為沒有開燈而一片黑暗，爸爸的身影融在黑暗中，變得模模糊糊。

「你……你真的……是鬼？」我哭得亂七八糟，一抽一抽地問。

黑暗中看不見爸爸的表情，但可以聽見他有點苦笑的聲音：「……對。」

我站起來，朝房間的牆上摸索著電燈的開關。

啪滋一聲，房間內大放光明，爸爸的身影也在我面前變得清晰。

我仔仔細細地看著他。除了那一身又俗又老氣的七〇年代造型是我不熟悉外，他的臉還是和生前一樣，厚重的單眼皮，有些寬的鼻頭，還有因為長時間開車臉上產生的細紋和黑斑，並沒有因為變成鬼而不一樣。

更重要的是，他有腳，看起來完完整整，一點也不像電影裡或小說中所形容的鬼的樣子，沒有一點恐怖的氛圍，就像是個活人一般。

爸爸安靜地任我打量，恐懼褪去，好奇心湧了上來，在確定他是我爸爸的情況下，我忍不住伸手摸了摸他。但我沒碰到他，我的手穿過他的身體，只有感覺到一點冰涼。

「真的是鬼耶……」

果然爸爸已經死了。

我看著自己的手毫無罣礙地從爸爸身體裡來回，好像又再次體認到這個現實。

既然已經死了，那又為什麼會出現在這裡呢？

我看著爸爸的臉，看他露出一點無奈苦笑的表情，是記憶裡熟悉的樣子。每次只要我對爸爸任性，或是故意說出為難他的話，他都不曾對我生氣過，只會像現在這樣露出有點苦惱，又無奈的表情。

雖然穿著打扮都和我記憶中樸素的爸爸不同，但那表情的確是爸爸獨有的。

「為什麼你會在這裡？你不是已經死掉了嗎？」

（三）

我爸爸叫吳阿明，死的時候是四十二歲，是一名遊覽車司機。

而我叫吳珊珊，念市中心的普通高中，今年高三。

我們家在臺南的一個鄉下小鎮，世代居住已有好幾年，聽說從我曾曾祖父一代就住在這裡，整個村里人口不過百戶，都是相熟三、四十年的老鄰居，是一點風吹草動就可以傳到人盡皆知的小地方。

我家據說曾經過得還不錯，田產很多，但到我爸這一輩就漸漸不行了。在我很小的時候，我爸爸工作沒那麼忙，還有餘裕帶我和媽媽到處玩，那時候的記憶是快樂且無憂無慮。

但上了國小後，爸爸工作開始變多，尤其是自從奶奶生病之後，家裡就陷入困境。

奶奶得的病是失智症，一種會漸漸惡化，喪失認知和行為能力的疾病。爸爸雖然有其他兄弟姊妹，但我大伯單身又愛賭，根本靠不住。另外兩個大姑姑則是藉口已經嫁人，奶奶的事她們兩手一攤，直接就不管了。

她們說家裡的祖厝已經給我爸了，我爸繼承了這個家，自然要負起照顧父母的責任。

但是除了這棟幾乎可以當成古蹟的房子外，奶奶的現金、首飾、田產幾乎都被大伯和兩個姑姑分掉了，然後他們還好意思說自己根本沒拿奶奶什麼錢。

在幾乎得不到幫助的情況下，爸爸和媽媽只能獨自扛起照顧奶奶的責任，但奶奶因為失智，狀況嚴重的時候會到處亂跑，連家裡的人都不認得，還會亂發脾氣，搞得家裡烏煙瘴氣。

媽媽那時無怨無悔地擔起照顧奶奶的責任，待在家裡一邊照顧我、一邊守著奶奶。常常因為奶奶而受傷，畢竟奶奶除了失智外，身體還算硬朗，牛起來的時候力大無窮，我媽一個瘦弱的女生很難完全架住她。而且因為失智，奶奶的脾氣時好時壞，難以控制的時候會把我媽當成陌生人亂罵一通，但正常的時候，又會拉著我媽的手，一遍一遍跟她說著對不起。

我知道媽媽的心情很複雜，聽說她年輕時是被捧在掌心上的千金小姐，我外公家在北部算是大家族，我的舅舅和阿姨們都是找門當戶對的對象相親結婚，過得光鮮亮麗。只有我媽當年不知為何看上我爸這個北上打工的窮小子，執意跟他到臺南鄉下這個小地方過生活。

每次跟著我媽回娘家的時候，我的外公外婆總擔心我媽過得不好，不吝嗇地送給我媽一堆用品和食物，水果一定都是禮盒裝的高級品。幾個舅舅和阿姨們也都對我很好，好吃好玩的總有我一份。小時候我很喜歡陪媽媽回娘家。

所以可以想見，像這樣被呵護長大的媽媽怎麼忍受得了照顧一個失智老人家的壓力，奶奶時好時壞的病況常常讓她備受煎熬，發病的時候被氣得半死，但正常的時候卻又忍不住心軟同情。

好幾次我都看她趁爸爸不在時，一個人壓力大到躲起來偷哭。

但我從來沒有看見她在爸爸面前抱怨過什麼。

只是奶奶的情況一天糟過一天，最後甚至連大小便都無法自理，終於在我國中的時候，被爸爸迫不得已送進安養院，這時媽媽已經因為長期照顧奶奶而精神耗弱，健康出現狀況，而我的兩個姑姑卻在一得知這個消息後，馬上跑來家裡鬧了好一陣子，大罵我爸媽不孝，拿了家裡的房子卻不照顧奶奶。氣得爸爸對她們放狠話要把奶奶送去她們家，她們才悻悻然地閉嘴。

至此，我們家才終於獲得了一點寧靜。

後來奶奶在我上高中沒多久就離世了，爸爸雖然難過，但總算能從照顧老人的重擔中解脫。而家裡也是一直到奶奶過世後，經濟才稍微寬鬆一些。

或許是因為這樣，在我的印象裡，都是爸爸忙碌賺錢的背影，一年到頭見不到幾次面。

我們父女倆很久沒有共處一室，卻在他死後突然有了這個機會。

「我聽說人死後會在頭七那天回來看望親人，但為什麼你頭七的時候沒回來，反而隔了那麼久才出現在我房間呢？」還有，我好想問他那身衣服是怎麼回事？明明生前都是固定藍襯衫、黑長褲的人，為什麼會在死後穿上那種又瞎又帥的衣服？

難不成現在流行死後出道嗎？

我腦中充斥著一堆疑問，只能慢慢地一個個問清楚。

「事實上我也不知道，那天我倒下後，意識都是一直處於渾渾噩噩的狀況，到底去了哪裡、做了什麼現在也想不起來了……」爸爸歪頭皺眉，一副苦惱的樣子。

「但忽然間醒來，人就在妳房間裡了。」爸爸說。

聽起來……就很像每個鬼故事都會有的開頭一樣。

「你是不是有什麼心願未了之類的？」我猜。

畢竟大部分的鬼故事都這樣演的。

「或許是吧！」爸爸露出什麼也不知道的笑容，尷尬地抓了抓頭。

「那你的心願是什麼？」我問。

「我……」爸爸很認真地想了一會。「我可能就很想再見見妳和妳媽吧？」

我沉默了一下，想到爸爸驟逝時，我和媽媽都來不及見到他最後一面。也難怪會成為爸爸未了的心願。

「可是媽媽今天上小夜班，要十二點才會回來。」我說。

「沒關係，我可以等。」

我點點頭，又忽然想到什麼，再一次跟爸確認：「所以你只要完成心願就會離開嗎？」

「應該是吧？」

「那……」我猶豫了一下，雖然覺得接下來的話可能會傷到爸爸的心，但又覺得不能不說。「你可不可以別讓媽媽看見你，或是知道你回來過？」

（四）

爸爸的驟逝讓很多人很難過。

尤其是媽媽，那段時間她幾乎要崩潰了。畢竟她是那麼深愛爸爸，她嫁給爸爸時才二十歲，在正值青春年少的年紀為了爸爸而下嫁到這偏鄉，走入家庭學習操持家務，學習當一個妻子、當一個母親。

在奶奶失智的那段時間，她沒有逃避，為了爸爸扛下了不屬於她的責任，辛酸和眼淚都自己吞下不讓爸爸看見。陪伴爸爸辛苦了十多年，就因為相信之後的日子會苦盡甘來，愈來愈好。

沒想到日子轉好了，爸爸卻走了。

媽媽曾經期盼過無數日子的未來，一夕崩塌，在爸爸的喪禮期間幾度哭到昏厥。

而我那兩個討人厭的姑姑竟不嫌事大，反過來譏諷媽媽剋夫，還妄想著去分我爸身故後留下的保險金和慰問金。

當然全被我拿掃把轟出去了。

爸爸不在後，能保護媽媽的只有我。這半年我陪著媽媽好不容易讓她走出喪夫之痛，我實在不想讓媽媽見到爸爸後，又要再一次承受離別之苦。與其這樣，不如不見。

「說得也是……」果不其然，爸爸失落地垂下頭，但很快又強牽起嘴角道：「能再看到妳和妳媽，這樣已經很好了！就這樣吧！別讓妳媽知道。」

「嗯。」我點點頭，不再說話。

房間裡陷入一股尷尬的沉默。畢竟在爸爸生前我們就已經沒什麼交談了，剛剛只是一時有太多問題想問才會一直講話，現在冷靜下來，該問的也問得差不多了，反而不知道要跟爸爸說些什麼。

「那……我看書了？」一會，不知道要幹麼的我，只好坐到書桌前假裝用功。

「喔……」爸爸低低應了聲。

「嗯……」

我打開書包，看見裡面放的ＢＬ漫畫。本來沒發生這種事的話，我現在應該是在悠閒地看漫畫，只不過現在我看了眼書包裡的ＢＬ漫畫把它重新藏好，另外把參考書拿了出來。

爸爸很安靜，大概是不想吵我念書，但他也沒離開我房間，就在我背後走來走去，可能因為很少進來我的房間，所以對我房間裡的每一樣東西都很好奇，就連一個娃娃都會停下來看很久。

如果不去在意他的話，其實不會感覺他就在我房間裡，但我還是不時想去注意爸爸的舉動，看到他在我房間裡走動真的是一件非常不可思議的事。

——『因為他等一下還要回去上班，噓，別吵妳爸了。』

——『這麼累為什麼不回房間睡？』

——『噓，妳爸在睡覺，別吵他。』

——『爸回來了？爸！』

我回想起國小到國中，家裡最忙亂的那些年，一些片段的往事湧上心頭。因為開遊覽車的關係，爸爸作息比一般人更不穩定，別人的假日常常是他的上班日，我能看到他的時間屈指可數，就算運氣好能見到他，往往也都是他累到在打瞌睡的模樣。

也因此我們清醒見面的時候很少，像這樣清醒著在我房間的樣子，更是難得。

「你們現在都要念那麼難的書喔？」爸爸站在我書櫃前突然說。

「沒有啊，那些……還好，不難。」

「喔……」

時鐘慢慢地走，爸爸偶爾會拋出幾個問題，像是對我房間內的東西感到好奇，也像是想填補他忙碌的那段時間的空白。我和爸爸就這麼有一搭沒一搭地說話，似乎慢慢地拾起這些年的生疏，不知不覺指針到了十二點，再過二十分鐘媽媽就到家了。

我撐著眼皮，默默倒數著時間。爸爸也安靜下來，跟我一樣不時注意著牆上的時間。

十二點二十分準時一到，樓下傳來摩托車的聲響，沒多久就聽見鑰匙開門的聲音，是媽媽回來了。

爸爸一聽到聲音馬上站了起來，迫不及待地穿過門板走了出去，我看著這一幕，心裡這時突然湧上了「他真的是鬼」的真實感。

人鬼殊途啊……我希望爸爸能走得安心點。

不料爸爸才走出去沒多久，馬上像是被什麼東西拉回來一樣，背著地摔進我房間。

「啊？」我驚訝地看著爸爸的姿勢。

爸爸也一臉莫名其妙。

他站起來看看我，又看著門，抓了抓頭顯然也搞不清楚是怎麼回事。

「我出去囉。」只見他對著門慎重其事地說，接著跨大步看似用力地走出我房間。

沒多久又咻地被拉回來。

「怎麼回事？」我問。

「我好像走不出去？」爸爸困惑地說：「我每次一走出門口沒兩步，就像是被什麼東西擋住一樣，然後『咻！』被彈回來。」爸爸用手指劃著那姿勢。

「你不能離開我房間嗎？」

「我、我不知道……」

「不然你再走一次試試看？」這次我打開房門陪著爸爸走了出去，我想親眼看看是怎麼回事。

果然馬上就看到爸爸一出房門，咻地又摔進我的房間裡。

「莫名其妙……」這是怎麼回事？我房間被劃了結界嗎？但怎麼會是我的房間，而不是我爸媽的房間？

我和爸爸兩個人對看無語。

而這時樓梯傳來腳步聲和媽媽的聲音：「珊珊，妳還沒睡啊？」

我身子一抖，轉頭正好看見媽媽走上二樓，正對著我大開的房間門口，而爸爸就在我房間正中央連躲都來不及躲。

完了！

（五）

媽媽看不見爸爸。

這不知道是幸或不幸，總之我是鬆了口氣。也順利完成了讓爸爸和媽媽見面的心願。

早上起床，已經看不見爸爸的蹤影。

這樣也好，人死了就該是這樣順利地去極樂世界，不要再為人世間牽掛，我跟媽媽也會好好地過日子。

只是，我對於爸爸的那一身港片古惑仔般的打扮還是很好奇，可惜沒機會問爸爸為什麼會穿成那樣？

我穿好制服，拿起書包，想起書包裡有昨天來不及看的ＢＬ漫畫，這可不能帶去學校。想到晚上言亦卿會來家裡看漫畫，我就把書包裡的ＢＬ全部拿出來塞到衣櫃裡，然後準時在六點十分前走出房間。

我念的普通高中在市中心，搭火車再轉公車要花上一個小時才能到學校，所以每天都得很早起來。若是錯過早上唯一一班的電車，要再等下一班肯定會遲到。

整個村裡只有我和言亦卿念市中心的高中，那個高中還是我為了陪他才去念的。

因為很早，我本來打算小小聲地離開，不吵醒住在隔壁房間的媽媽。但當我走出房間時卻發現媽媽房間的門微開，從開啟的門縫中看見媽媽坐在床沿，一臉懷念地看著某樣東西。

好奇心的驅使下，我向媽媽的房間靠近，輕輕敲了幾下門。

「媽，妳怎麼那麼早起來？不多睡會兒？」

「醒了就睡不著了，沒關係，我下午上班前會再睡一下。」媽媽回過頭來溫柔地說。

我走進媽媽的房間，向她靠近。「妳在看什麼東西？」

媽媽將手上的東西朝我遞了過來，那是一張泛黃的舊照片。

「不知道為什麼，突然想起妳爸年輕時的樣子，所以去找了這張照片出來。」

是因為昨晚的關係嗎？雖然沒有看見爸爸，不過畢竟是夫妻，媽媽還是感覺到爸爸來看她了嗎？

我接過照片，低頭看了一下。

「天啊！」我嚇了一跳，照片裡的爸爸身上穿的完全就是我昨天看到他的那樣裝扮，只是背上多了把吉他，看起來更為年輕。

「這是爸爸？」照片中的爸爸神采飛揚，嘴角勾著有些壞壞的笑容，看起來瀟灑不羈。和我認識的那個暮氣沉沉、安靜寡言的爸爸完全不一樣。

「很帥吧？當初有好幾個女生喜歡他……可是妳爸只喜歡我一個。」媽媽看著照片，懷念起往事一臉嬌羞，如同情竇初開的少女。

「……真是看不出來。」難怪昨天爸爸會是那樣的裝扮出現在我房間裡。

「和現在差很多吧？」媽媽笑了笑，從我手中拿回照片，推了推我的肩膀說：「好了，妳快出門吧，再不出門妳就趕不上火車了！」

我趕緊看了下時間，「糟糕！」我跳起來立刻離開媽媽的房間，跑下樓。

「慢點，路上小心。」媽媽在我身後喊著。

「媽，再見。」離開家門前，我對著樓上大喊。

＊　＊　＊

「珊珊，快點快點……」

言亦卿站在剪票口處，焦急地對剛停下腳踏車的我揮手。

我鎖好腳踏車，跑進火車站時，平常搭的電車剛剛進站。

「快點！」言亦卿等不及，跑過來拉住我的手，拖著我進站。

「我已經在快了，你別拉我！」一路趕來，我已是上氣不接下氣。

常常看我們兩個搭火車的站長看見這一幕，和藹地對我們說：「別急，我會讓電車等你們兩個的。」

「謝謝站長。」言亦卿嬌聲嬌氣地說，但手上仍不留情地拖著我穿過地下道，趕到第二月臺搭車。

才剛跳上電車，車門關閉的警告聲隨之響起，站長果然等我們上車後才讓電車出發。

「珊珊，妳睡過頭了嗎？差點就趕不上電車了。」言亦卿拉著我選了個四周無人的位子坐下。

一大早的這班電車人非常少，整個車廂除了我和言亦卿外，只有兩個早起的上班族坐在遠遠的另一端，低著頭補眠。

隨著電車起步，言亦卿像老媽子式的叨念也隨之而來。「就叫妳漫畫不要看太晚，說吧，昨天混到幾點啊？」

「我才沒有……」我嘛著嘴，滿腹委屈。

我也希望我是因為看漫畫而睡過頭的，但事實就不是那樣。

昨晚發現媽媽看不見爸爸，而爸爸似乎也因為某種原因而離不開我房間後，為了讓我爸能見媽媽久一點，我找了一堆藉口把媽媽強留在房間裡，直到自己猛打哈欠，才被媽媽趕去睡。

大概是發覺我臉色有異，本來想對我一頓說教的言亦卿閉上了嘴巴，仔細地端詳我的臉。

「欸，珊珊，妳黑眼圈好重，妳昨天沒睡好嗎？頭髮也亂糟糟的。」言亦卿打開書包，從隨身的化妝包中拿出小梳子，「妳先吃妳的早餐，我幫妳整理頭髮。」

「謝啦。」我有氣無力地打開在路上買的早餐，很快地往嘴巴塞。

頭髮其實出門前整理過，但騎車騎得太趕，髮絲掉得亂七八糟，言亦卿熟練地解開我的馬尾，幫我重新整理了頭髮。等我吃完早餐，他還擺出化妝品仔細地幫我保養臉部和遮黑眼圈。

這整套的服務很難想像是出自於一個男高中生之手，他甚至隨身帶著小鏡子和整套的化妝品。不過他是言亦卿，一切感覺就合情合理了。

言亦卿身材高䠷修長，長相精緻秀氣，說話、行為都偏女性化，若是打扮成女孩子，我相信也絕對不會被人認出來。

他是我的青梅竹馬，我們在同個村子長大，大概在幼稚園就認識了。聽說他出生因為命格的關係，在上幼稚園以前都是被當成女生養，或許是這個緣故，他從小就喜歡女孩子的東西，也喜歡和女孩子在一起。

年紀小的時候大家還感覺不到差異，只覺得他和女生玩得特別好。但隨著年紀漸長，男女生性別漸漸分明，他偏女性化的舉止也慢慢成為別人眼中的異類。

我和他的緣分是從國小六年級開始的。

在那之前，因為我的個性較為男孩子氣的關係，和他其實搭不上話，交情一直維持在普通認識的階段。

直到升上六年級，那正是男女性徵發育明顯區別的時期，也是正對性感到好奇的年紀。班上有一群平常就素行不良的男生，在這個時候開始瘋狂騷擾班上的女生。

他們動不動就拿女生胸罩或衛生棉的事情開些低級的玩笑，令人尷尬又不勝其擾，偏偏就連老師都很難管得動他們。

後來不知怎麼的，他們騷擾的行為轉到言亦卿身上，嘲笑言亦卿女性化的舉動，惡劣地問他「月經來了沒有」、「要不要準備胸罩」云云。

言亦卿不知如何反抗，有幾次直接被他們低級的玩笑給弄哭，但他們幾個不但不反省自己的行為，反而更加得意。而班上的其他人，包括我當時都因為害怕而不敢阻止，甚至還有些慶幸他們轉移了目標。

就這樣日復一日，言亦卿始終消極忍耐他們的行為，祈禱他們能早一日玩膩這樣的騷擾遊戲。但或許是大家的視而不見助長了這些男生的行為，他們不但沒有停止反而變本加厲，不止動口，漸漸地甚至開始動起手來，假意地要去摸言亦卿的褲子。

某一天下課，他們一群人笑鬧著把言亦卿找出去，押著他去男廁。表面上看起來是打打鬧鬧，但所有人都知道他們要幹麼，卻沒有一個人敢開口阻止。

在那之前我看著言亦卿被欺負，內心一直被罪惡感給包圍，雖然我和言亦卿只是交情普通的朋友，但我的內心因為漠視霸凌而感到非常痛苦。看見言亦卿被他們帶出去，擔心他們會做出更過分的行為，我忍不住偷偷跟了上去，一邊想著我能怎麼幫助言亦卿又不會被那群人盯上。

我一路跟著他們到廁所，廁所被那些男生所占據，沒人敢靠近。我聽見裡面傳來他們要求言亦卿脫褲子給他們檢查的聲音，也聽見言亦卿說不要的哭聲。我很快就知道裡面的情形，頓時腦子一熱，顧不得會被他們發現，就對著外面大喊：「老師救命！這裡有人要脫別人的褲子！」

我的聲音很大，很快就將老師引來處理，那群男生被老師狠狠斥責處罰，還找來家長處理。

本以為事情應該就此結束，但事實總不如想像美好。

這群男生消停沒幾天又開始故態復萌，這次我也成了那群人霸凌的目標。

國小六年級，大概是我目前為止的人生中最悲慘的一年。

因為老師的處罰讓那群男生收斂了舉動，但惡意的言語和排擠的小動作仍不斷發生。他們挑戰老師的底線，將所有的惡意包裝成不經意的舉動和開玩笑，像惱人的蒼蠅無時無刻圍繞在身邊，揮之不去。

他們會故意把我和言亦卿湊成堆，說著下流的言語，故意排擠我和言亦卿不讓我們參加班上的活動，就連我當時的好朋友也因為這樣而遠離我。

那時奶奶的失智正嚴重，回到家裡看見辛苦的媽媽，和忙得不見人的爸爸，我什麼話都不敢說，不敢再加重他們的負擔。那段時間我過得既黑暗又痛苦，甚至連想死的心情都有了。

但幸好有言亦卿陪著我，我們互相鼓勵、互相扶持地走過最黑暗的一年，接著一起上了國中，因為這件事我們成了最要好的朋友。

言亦卿溫柔細心和總是粗枝大葉的我正好互補，他總是可以很細心地體察我的需求，認真地叮嚀我要注意服儀舉止，比我還女性化的言行舉止，讓他成了我人生中最好的姊妹、最親的閨密。

（六）

「好了，照照鏡子吧！」言亦卿拿出小鏡子，像是非常滿意自己的作品一樣，非常得意地對我說道。

我拿起鏡子左右端詳鏡中的自己，被言亦卿仔仔細細地修飾過後的我，頭髮整整齊齊，一根髮絲都沒亂跑，黑眼圈消失，被塗上光亮的唇蜜，整個看起來容光煥發。

更重要的是，完全看不出上妝的痕跡，像是天生就有的好氣色般。

「哇，卿卿，你化妝技巧是不是越來越厲害了？天啊……你把我化得好漂亮哦！」

「那當然！妳也不想想人家都拿妳這張臉練了多久了！」言亦卿得意洋洋地輕捏了下我的臉頰。

現在的他看起來神采奕奕，坦然地表露自己女性化的一面。雖然只在我面前才有這樣毫不做作的態度，但也是努力了很久才有今天這樣的成果。

還記得剛上國中的言亦卿，整個人籠罩在國小的陰影下。我們小鎮不大，國小大部分的人都選擇就讀同一所國中，那群霸凌他的男生也是。即使被分到不同班級，但每次在學校或是在上下學期間的偶遇，都讓言亦卿痛苦不堪。他變得自卑畏縮，害怕自己偏女性化的行為會引來嘲笑和傷害，但他又做不來像男生的行為。

他努力隱藏自己的性格，變得沉默寡言，他曾經很痛苦地跟我說，他覺得很混亂，不知道自己是誰究竟該怎麼做？只有在我面前他才能稍稍放開，做回他自己。

但只有我還是不夠的，我無法給他更多的幫助，整個國中看著他迷失自我，變得愈來愈鬱鬱寡歡，卻愛莫能助。

後來是言亦卿的爺爺看出他的不對勁，把他帶到當初主張把他當女孩子養的三太子爺前問事，這才讓言亦卿找到了心靈的寄託。

當時三太子爺告訴他，他的性向是天生的，要勇敢做自己，其他順其自然，以後會愈來愈好。也順便開示他爺爺，言亦卿雖然和別人有點不一樣，但都是他的孫子，要爺爺不要壓抑言亦卿的天性，他才不會長歪。

言亦卿的爺爺是家族中輩分最高的長輩，他一決定站在言亦卿那邊，整個家族再沒人敢對言亦卿的言行有任何異議。

他後來跟我說，有了爺爺的支持，他就好像獲得力量一樣，突然間覺得那些歧視他的人算不了什麼，他有我、有家人的支持就已經足夠了。

再後來，言亦卿也向我坦白了他的性向，雖然家裡的人接受他女性化的舉止，但他還是沒有勇氣坦承性向，而我是第一個知道他性向的人。

這讓我們的感情更加親密，就像擁有祕密的好姊妹般。

考高中時，我們一起選了現在這所校風自由，而且遠離家鄉的高中，就是為了確保上高中後不會再遇到那群討人厭的男生，並且讓言亦卿更能做自己。

果然在這所高中三年的薰陶下，言亦卿愈來愈放開自己，不再畏畏縮縮，整個人也變得比以前更加有自信光采。

身為他的好友，我是最樂見他這樣的改變。

「不錯不錯，有進步。」我拿著小鏡子開心地左右端詳自己，再讚許地拍了拍他的肩。

「妳自己要學著點，至少也要會保養吧？看看，皮膚都快變粗了。」

說說笑笑間，電車到站了。

我和言亦卿出了火車站，趕往公車站搭車。為了配合上下學時間，電車到站的時間和公車配合得剛剛好，一分都不容許失誤。

相對於晨間電車的空曠，公車顯得相對擁擠，上班族和學生擠在一起，幾乎沒有轉身的空間。

「珊珊這裡。」

我個子小，言亦卿在公車上總是會細心幫我擋開人群，留出一個空間給我。公車到學校要二十分鐘，言亦卿這時才問我是不是發生什麼事了？

「照理說如果妳是因為看漫畫而熬夜，雖然身體會累，但精神應該特別好才是，不過我看妳今天連精神都很委靡的樣子。」

不愧是我的好閨密言亦卿，連我這麼一點細微的不同都能察覺出來。我忽然有點感動，真不愧是這世界上最了解我的人。

「我問你喔，如果你突然間看見死去的親人回來了，你會怎麼辦？」

言亦卿挑了下眉，狐疑地看了我一眼，認真地回答：「人家應該會很高興吧？畢竟是親人啊！」

「但是他又不能留下來，見那一面有什麼意義嗎？」

我一股腦地將昨晚的事告訴言亦卿，包括我爸突然出現在我房間的事，還有不能讓媽媽知道爸爸回來過的事。

事實上我昨晚睡得並不好，雖然媽媽不知道爸爸回來過這件事讓我鬆了一口氣，但早上看見媽媽在看爸爸的照片又讓我罪惡感陡然而升，我甚至不知道自己做得對不對。

只有我知道爸爸回來過，昨晚爸爸看著媽媽的表情，我完全不知道該怎麼形容，好像是我害得他們分開似的。

但言亦卿聽完之後，不但完全相信我說的話，還反過來安慰我說：「別擔心，妳是在盡力保護妳媽媽，妳爸爸也懂，所以他才會同意妳的做法，不是嗎？

「死去的人和活著的人本來就不同世界，應該要各自安好，可以思念、可以懷念，但不應該互相干擾。就像妳說的，他也不能留下來啊，那麼為什麼要讓妳媽再一次受到分離的苦呢？」

「是啊。」言亦卿的話，讓我覺得心中釋懷了幾分。我揚起笑容，拍了拍他的手臂說：「謝啦，你讓我好過很多。」

言亦卿也同樣微笑。「不客氣，這是應該的啊！」

「晚上再到我家，昨天的漫畫我都還沒看……」

「好哇，可是這樣的話，人家昨天說的那幾本要先讓我看哦！」

「你又不可能一次看三本……」

突然，一個爽朗的聲音打斷了我和言亦卿的話。

「早安，你們感情還是那麼好……」

我和言亦卿同時轉頭看向聲音的來源。

那是我們班的班長——周子遙，班上的風雲人物，成績好、運動好、品行又好，長相端正，身高又高，幾乎是毫無缺點的一個人。

他是從市中心搭公車上學，剛好是火車站到學校中間的位置上車，幾乎每天都跟我們坐到同班車。

「早啊，班長。」我率先回應他的招呼，對周子遙爽朗熱情的笑容報以微笑。

而言亦卿則是在周子遙開口的那瞬間，斂起了表情，看起來有些冷淡地回道：「早。」

雖然言亦卿的性向是Gay，但以前慘痛的霸凌經驗卻讓他到現在還不知道怎麼和同性的人相處，每次都是繃緊神經應對。

幸好周子遙對於言亦卿的冷淡不以為意。事實上，周子遙跟我們坐同一班公車快三年了，雖然外表看不出來，但周子遙一開始跟我們打招呼時，言亦卿嚇到完全不敢回應他。

現在言亦卿能回應他的這聲「早」，已經是這兩年多來努力的成果了。

周子遙沒理會言亦卿對他的冷淡，轉而向我問道：「你們剛剛在聊什麼？看起來很開心的樣子！」

「你這個直男不會想知道的啦。」

「又是所謂ＢＬ漫畫？」周子遙一猜就猜到了。

「對啊，你想看嗎？我不介意多拉個人入坑哦！」

「不，謝了，那有什麼好看的？」

「拜託，那才香好不好，就說你直男不懂吧？」

「是是……」

周子遙來了之後，言亦卿就陷入了安靜模式，之後整路都是我和周子遙在聊天。

這樣的模式也在不知不覺中持續了兩年多。

下了車後，周子遙突然道：「這次校慶聽說會舉辦歌唱比賽，每班至少要派一個人參加，你們要報名嗎？」

「我和卿卿像是會唱歌的料嗎？」

周子遙歪著頭想了下，笑道：「說得也是，妳上臺的話，我可能要擔心妳會不會把妳的興趣都暴露了！」

「你很欠打耶！」我伸手作勢捶了周子遙一下。

周子遙笑著躲開道：「不過妳改變心意的話，還是可以隨時找我報名！早上我要先去導師辦公室，等會見了。」

說完，周子遙揮揮手，先我們一步進了學校的大樓。

第二章

（一）

傍晚放學後，照約定我把言亦卿帶回家裡。

今天媽媽依然上小夜班，家裡沒人。言亦卿很常來我家，一進門就熟門熟路地幫我把晚餐拎去餐廳。

我跟在他後頭，把餐具擺上桌。

言亦卿下午開始就顯得一副若有所思的樣子，變得有點安靜。我沒開口問他，只是在等他什麼時候會跟我說。

果然吃飯吃到一半，言亦卿就說了：「妳最近和周子遙的氣氛很好耶！」

我的臉熱了一下，「還好吧？不是一直都那樣嗎？」

言亦卿拿著筷子搖了搖，說：「我覺得還是有點不一樣，妳可以考慮告白看看了。」

「噗！」我一口白飯不文雅地噴在桌上，瞪著眼睛看著言亦卿。「你瘋了嗎？」

「哎呦，妳好髒哦！」言亦卿皺眉嫌惡地抽起衛生紙幫我一邊擦桌子，一邊道：「我說真的，妳暗戀他都兩年多了，再不告白就沒機會享受高中最後的青春囉！」

我的臉火辣辣地燒了起來。「不要，他又不喜歡我，被拒絕怎麼辦？這樣好丟臉！」

「可是我覺得很有希望啊！」言亦卿咬著筷子分析道：「妳想啊，經過周子遙他家的公車那麼多班，哪有每天都那麼巧和我們坐同班車？」

「也有可能只是習慣。」我搖搖頭，否決他的話。

只有言亦卿知道我從高一就開始暗戀周子遙，他是我們班上的風雲人物，想追他的女生大概都可以繞校園一圈，所以我從沒想過要跟他告白。事實上，像周子遙那麼好的人，我才不會那麼不自量力以為自己是特別的，我只要每天能和他在公車上聊天就夠了。

告白？這麼丟臉的事我才不做呢！

「每天坐同一班公車是習慣，可是每天都來找妳聊天就不是了吧？我看你們聊天聊得很開心啊！」言亦卿曖昧地擠擠眼說。

我看了言亦卿一眼，捧著快沸騰起來的臉頰，試圖降溫道：「拜託，他每天來找我說話的時候，我都快緊張死了好不好！」

「要不是我有心理創傷，我就可以幫妳跟周子遙製造機會了……」言亦卿嘟起嘴，一臉惋惜地說。「像周子遙那麼好的男生，如果可以和妳在一起就好了。」

「不用了，我不奢望，我這輩子只要有二次元帥哥就夠了。」我支起下巴，看著言亦卿說。

「小傻瓜，哪有女生這樣的啦！」言亦卿笑著用手指點了點我的額頭。

我摸著被他點過的地方，笑了笑，低頭將剩下的最後一口飯扒完，然後將餐盒丟進洗碗槽沖洗，連同言亦卿的一起，再丟到資源回收桶中。

「走吧，我們上樓去找帥哥。」我說。

「妳齁，再不把握良緣，小心一輩子沒人要。」

「才不會咧！再不濟到時候你娶我啊！多好！反正我不在乎你是 Gay，你可以儘管把我當成煙霧彈沒有關係！」我走在言亦卿前面，一路說說笑笑地來到我房間門口。

「妳又知道我沒人要了！說不定我比妳更快找到對象把自己嫁掉，同婚已經開放了！」

「哈！我才不信，你一個 Gay 偏偏又有恐男症，是要怎麼找對象？」我擠擠眼邊打開房門，邊開玩笑地對言亦卿說：「你還是只能跟我結婚吧？除了沒有那根外，也只有我最了解你。」

說完，回過頭卻看見房間裡，我爸爸穿著和昨晚一模一樣的衣服，一臉焦慮地站在我房間門口。

我呆住了。

「胡鬧！沒有那個怎麼行……喔！」言亦卿一時沒注意到我停下，從我身後撞了上來，剛好把我撞進房間，整個人穿過爸爸的身體。

這是……怎麼回事？

我感覺整個人像是突然間失去重力一樣半飄浮了起來，然後我的手……天啊！我的手居然變成半透明的樣子。

這、這是怎麼回事？

我還未從驚訝中回神，就聽見身後傳來一陣怒吼聲。

「你們、你們兩個趁著父母不在，想做什麼啊？」

那個氣極敗壞的聲音出自於「我」的口中。

我錯愕地回頭看著和自己一模一樣的人，像隻正在咆哮的公獅子一樣對著言亦卿大吼。

「蛤？」言亦卿一臉驚慌不知所措。看著那個和我長得一模一樣的人，然後轉頭視線和我對上，表情更顯驚愕。「珊、珊珊？兩個珊珊？」

他一講出兩個珊珊，那個正在咆哮的「我」也愣住了。她低頭看了看自己的身體，又轉過頭與我對上視線。

「珊珊？」

「爸？」

我們同時喊出口。

這才知道……我爸居然占據了我的身體？天啊！這事情還能不能再荒謬一點？

「爸？」言亦卿反射地重複我的話，略一思索頓時恍然大悟，指著我的身體，再指向似乎變成幽靈的我。「妳爸跑進妳的身體裡了？」

我和爸爸彼此對視一眼。

好像真的是這樣子……

「啊——爸！你怎麼沒走？還有，把我的身體還來啦！」

（二）

事情似乎朝著非常離譜而且匪夷所思的方向前進。

首先，我以為已經了卻心願、離開成佛的爸爸，其實還留在我房間裡哪也沒去。

其次，基於某種莫名其妙的原因，爸爸跑進了我的身體裡面，還把我擠了出來。於是在我身體裡的是爸爸，而我變成了幽靈。

「怎麼會這樣啦？」我幾乎要哭了出來。「都是你害的啦！要是你害我也死掉了怎麼辦？」

我的人生才剛開始就要結束了嗎？想著我就一陣悲從中來。

「對、對不起，珊珊寶貝，爸爸真的也不知道為什麼會變這樣？」爸爸一臉歉疚，不斷地哄我、安撫我。

後來我們試了很多次，把剛剛不小心互撞導致靈魂出竅的原因重演了幾十次，還是沒辦法成功地換回我的身體。

我簡直哭到不行。

天啊！這是什麼考驗啊？是上天對我的懲罰嗎？我到底做錯了什麼？

「珊珊，妳別難過，我也會幫妳想辦法的！」言亦卿慌到不行，整個人不知所措，唯一還記得的就是努力安慰我。

「我的人生完蛋了啦！我會不會就這樣死掉變成鬼？」我忍不住一直哀號。

「不會啦，珊珊，爸爸、爸爸會想辦法把身體還給妳的……」爸爸也受到不小驚嚇的樣子，努力地安慰正在哭泣的我。

「你要想什麼辦法？說到底還不是你突然出現害的！」

「我……」爸爸一臉無可奈何，看著我的表情既愧疚又自責。

「有、有了，珊珊，還有吳爸爸，我們可以去找三太子爺幫忙，我和三太子爺很熟，祂一定可以幫這個忙！」言亦卿眼睛一亮拉起「我」的手說。

「好好好，我們去找神明幫忙！」爸爸用我的身體毫不猶豫地點頭。

可我卻想到另一件事，「等等、等等，卿卿！」

言亦卿疑惑的眼神看著我，等著我說話。

「我覺得這樣……不太好。」我猶豫了，我看著我自己的那張臉，但裡面裝的卻是我爸爸的靈魂，有一種害怕的感覺。

「為什麼？」言亦卿和爸爸同時發出疑問。

「我怕……我怕三太子會不會把我爸當成孤魂野鬼收掉？」那些鬼故事不是都這樣演嗎？神明通常都會在一番惡鬥之後，把占據主角體內的鬼魂殺掉。

雖然我很想回到我的身體，可是在我身體裡的畢竟是我爸爸，我怎麼可能看著他被神明收掉？

「太子爺不會這麼做，太子爺做事很明理的！」言亦卿信誓旦旦地說。

言亦卿和三太子的緣分很深，聽說他剛出生時身體虛弱常常住院，大人們都以為他可能養不活了。是他的爺爺求到三太子面前，得到三太子的指示同意將他當女孩養到三歲，他才挺過這一劫。

之後言亦卿就常常跟著他爺爺到三太子廟裡拜拜、玩耍，也和三太子結下了很深的緣分。三太子幫過他不少忙，像是國小被霸凌的事，還有國中發現自己的性向，考慮向家人出櫃時，都是靠著三太子事情才得以有了轉機。

對言亦卿而言，三太子是他除了我之外，最親近的神明好友。

「走吧，珊珊，不用擔心爸爸，爸爸相信神明不會不保祐好人的。」爸爸都這樣說了，我只好點頭答應。

說也奇怪，本來怎麼也無法離開我房間的爸爸，在進入我的身體之後，居然就能順利離開房間，而我的靈魂像是被某條線牽引般，不需特別行動也能緊緊跟著我的身體。

就這樣，我們三個來到和言亦卿緣分深厚的三太子廟中。廟公是三太子的乩身，是三太子的代言人，和言亦卿也相當熟悉。

晚上廟裡沒什麼人，廟公正準備關門，看見我們三個嚇了一跳。

「阿卿，怎麼這麼晚還跑來？」

「阿叔，我有事情想找太子爺幫忙⋯⋯」

言亦卿還沒說清楚是什麼事情，廟公突然看向我和我爸爸，表情嚴肅。

「哎呦，妳是那個阿明的女兒齁，你們怎麼會這樣？唉⋯⋯我還是第一次見到這種情形⋯⋯」廟公一眼就看出我們的問題，一邊叨念，一邊帶我們進到廟的後方。

「你們坐著一下，我請示一下三太子。」

廟公拉了三張椅子給我們，但我坐不到椅子，我這才意識到我現在真的是鬼，但言亦卿和廟公都看得見我，這是怎麼回事？

不過我沒辦法問，因為廟公正一臉嚴肅地在神明面前忙東忙西，一下子準備香火，一下子又說著我們聽不懂的言語，莊嚴的氣氛讓誰也不敢開口打斷廟公和神明的溝通。

許久，廟公才拿著廟裡過過香爐的紅繩來到我爸面前。

「阿明，來，手伸出來戴著。」廟公對著爸爸的左手比了下，爸爸乖乖地把手伸了出去，讓廟公把紅繩繫上。

神奇的是，紅繩繫上的一瞬間，我立即感受到一股強大的拉力將我拉向我的身體，接著我再睜開眼，已經在我自己的身體裡面；而廟公就站在我面前，手還捧著我的手腕。

「好囉，沒事了。」廟公拍拍我的手背，將我的手放下，和藹地微笑道。

「這樣就沒事了嗎？珊珊，妳回到妳身體了嗎？」言亦卿看著還沒反應過來的我，緊張地在我眼前揮手。

「蛤？」我回過神，下意識左右張望，卻看不見我爸的身影。

「我爸呢？」我緊張地抓住廟公的手問。

「妳不用擔心，他只是回去了。」廟公說。

「回去哪呢？」

「看妳在哪裡遇到的？他就回去哪裡。」

我爸他回到我房間了嗎？

我和言亦卿對看了一眼，心裡想的是同一個問題。

「為什麼我爸會出現在我房間？又為什麼他會附在我身上？」

廟公在我和言亦卿面前坐下，耐心地為我們解釋：「人家說『死人直、死人直。』就是說死掉的人最直接了，他們沒有什麼彎彎繞繞的想法，會出現在妳房間，大概是因為那是他生前最留戀的地方。」

廟公的話勾起了我一些回憶。

我現在的房間是以前奶奶的房間，在奶奶生病的那段時間，爸爸就算再忙也會進房間看看奶奶。這個習慣一直到奶奶離開後，爸爸還是沒有改變，只是對象從奶奶變成我。

我一開始並不知道爸爸這習慣，直到有一天我凌晨醒來，聽到他準備上班的聲音，那時才凌晨四點多，爸爸站在我房門前被媽媽發現。

『你又站在這裡了？要不要叫珊珊起來，起碼跟你說聲再見？』我聽見媽媽帶著睏倦的聲音，小聲地問。

那時因為爸爸早出晚歸的關係，我和爸爸已經好幾天沒見了。

『不用啦，她早上還要上課，不要吵她，我去上班了。』爸爸說完，那帶著一點沉重頓音的腳步聲，慢慢從我房間門口離開。

我才知道，每個要半夜出門上班的日子，他總會駐足在我房間門口，後來我就養成睡前會將房門留縫的習慣。

但我也沒想到我的房間竟會成為他生前最留戀的地方。

「會附身在妳身上除了和妳的血緣關係外，也因為你們父女間的因緣吧！」廟公意有所指地接著說，「只是畢竟人都死了，如果魂魄久留在人世間不走的話，對妳對他都不好……」

廟公的話讓我心情為之一沉，我問廟公：「那有什麼方法可以讓他離開嗎？」

「可以的話，還是問問他有沒有想做的事，盡量讓他沒有遺憾地離開吧。」

（三）

從廟裡離開後，我和言亦卿分頭回家，發生這種事，言亦卿也不好意思再到我家來。我一個人回到家裡，進了房間果然看見爸爸好好地在裡面，我看著爸爸，爸爸也看著我，我們兩個頓時陷入一種難言的沉默。

「那個……」

「珊珊……」

我和爸爸同時開口，又同時閉上嘴。

「算了，你先說好了。」我看爸爸明顯焦慮難安的樣子，決定把話語權先讓給他。

爸爸苦笑了一下，說：「那個……妳身體還好吧？」

我搖了下頭，說：「沒事。」然後指了指手腕上的紅繩。「廟公說有這個就不會再發生像剛剛那樣的事了。」

「那就好……」爸爸放心地點點頭。

我看著爸爸的樣子，彆扭地問：「那你……為什麼沒走啊？早上沒看到你，我還以為你已經離開了……」

我不想表現得像是要趕他離開的樣子，但我也想不透他還留在這裡的原因，不是說只想看看我和媽媽就好了嗎？

「早上只是因為想到妳起來後要換衣服，就不好意思留在房間裡，所以躲到衣櫃裡去了……」爸爸澀然地說。

「……」所以說……你為什麼要留在我房間啊！

接著我突然想到我藏在衣櫃裡的書，還有我早上隨手丟進去的那幾本ＢＬ漫畫……

「等等，我衣櫃裡的書……你不會……」我看著爸爸臉上的表情從心虛尷尬變成憂慮擔心、難以啟齒，我頓時覺得頭皮發麻，覺得自己快爆炸了。

「爸！你、你怎麼……怎麼可以……怎麼可以亂翻我的東西啦！」啊啊啊……我的天啊！有什麼比被父母發現自己滿櫃不堪入目的ＢＬ漫畫更尷尬的事嗎？

「我沒有要翻，但……但是我也不知道要躲在哪裡……」爸爸心虛地解釋，不一會兒像想到什麼，又理直氣壯了起來。

「話說回來，珊珊，妳櫃子裡怎麼、怎麼都是那種……」爸爸為難了一下，像是不知道如何形容他看到的那種書籍，表情扭曲了一下才道：「那種……男生愛男生的書？」

「……」

我不知道該如何跟自己的爸爸解釋關於喜好這種問題。我多希望能就地消失。

「那個……那個……」爸爸顯得欲言又止，結巴了好半晌才問：「是因為妳跟卿卿在一起的關係嗎？」

「蛤？」話題突然跳到言亦卿身上，我有點轉不過來。

爸爸看我沒回答，自顧自地說道：「爸爸其實不是反對你們，爸爸沒有偏見的，你們是男男在一起還是女女……這個都沒關係……」

「什麼？」

「但……爸爸還是會關心妳到底是哪一邊？雖然說這不是爸爸該過問的事情，但是爸爸就是擔心，這些年爸爸是不是都誤會了妳的性別？會不會對妳造成心裡創傷？」

「……」我怎麼愈聽愈不懂了呢？

爸爸接著說：「前幾年同志大遊行時，爸爸接過這樣的客人，所以我也很清楚知道這世界上就是有跨性別的人……不管是男跨女、女跨男……那個叫酷兒的性別……」

「你在說什麼啊？」我整個傻眼，大聲地打斷他的話，為什麼提到這個？我想了想，決定糾正一下我爸的觀念。「卿卿他雖然看起來偏女性化，但他沒有性別認同的問題，他是男生，爸，你是不是誤會了？」

「我不是說亦卿，我是說妳！」爸爸想握我的手，卻撲了個空，但他還是維持著交握的姿勢，認真地道：「爸爸沒有偏見，妳是男生女生，都是爸爸的孩子，妳可以放心地說出來……」

……

人變成鬼之後是不是連大腦都丟了？

「我是妳養了十幾年的女兒，你為什麼會在這時候懷疑我的性別啊？」

爸爸被我吼得一愣一愣的，吶吶地道：「因為言亦卿不是喜歡男生嗎？」

「因為他喜歡男生，所以你就當我是男生？這是什麼邏輯啊？你怎麼不是懷疑我喜歡女生？」

「所以妳喜歡女生？」

「不是！」天啊！我被搞得好混亂！現在是什麼狀況啊？

我抱著頭，被我爸的胡言亂語搞得頭好痛。「說到底，你為什麼會突然這樣想啊？」

「因為……」爸爸一臉苦惱地說：「一般女生不是應該喜歡男生和女生

在一起的故事書嗎？為什麼妳看的都是……我今天想了一整天，擔心妳會不會其實有什麼難言之隱，但身為父母的我們都沒注意到……再加上妳和言亦卿又那麼親密……所以……」

我以為被父母抓到自己看十八禁的書已經夠尷尬了，沒想到還有更尷尬的事！

就是當父母抓到你看ＢＬ的書還誤以為你是Gay而且性別錯置的時候！

「你想太多了！誰說看ＢＬ的就一定是Gay！你女兒沒有性別認同的問題！」

「可妳跟言亦卿不是在一起嗎？所以你們……」

「我們兩個都女的，不可能在一起啦！」話一說完，我馬上發覺自己說錯話，懊惱地捂住臉。

「不是，我跟卿卿……」我頓了一頓，不知道該怎麼解釋這種情況，只好很不耐煩地說：「他是男生，我是女生，我們沒有性別認同的問題……拜託你……爸，不要亂翻我衣櫃裡的書啦！」

你給我亂翻，還給我擅自解讀？我真是要昏了！早知道剛剛是不是應該求三太子直接把你送走就好了？

吼！真是氣死我了！

（四）

「妳問我爸爸有什麼心願？」

我特地忍著不睡就是為了等上小夜班的媽媽回來，從媽媽這裡知道爸爸的心願。

媽媽才剛脫下外套和包包，就被我帶到客廳去「詰問」。

「我就很想知道爸爸的事，他……會不會有什麼想做的事？或是心願未了之類的……」我下意識地轉動左手上繫的紅繩，心裡有點緊張和迫不及待，但又不想被媽媽發現異常而努力裝作自然的樣子。

在經過剛剛的事之後，我覺得我已經無法忍受和爸爸待在同一間房，誰知道他會再給我翻出什麼東西，然後再胡思亂想、誤會什麼？本來，普通的高中女生有誰能忍受和自己爸爸同住一間房？就算他是鬼也不行！

何況只要沒有紅繩，我的身體就容易被爸爸占據，這種情況誰能接受？偏偏廟公又說要了卻爸爸的心願他才會離開，問爸爸又不說清楚自己有什麼心願，怎麼問也只是得到「不知道」、「我只要你們過得好」這種敷衍的回答。

我只好從媽媽這邊下手。

「嗯……」媽媽支著下巴，很認真地想了一會兒，「好像……沒聽他說過什麼，妳爸這個人很愛家，只要我們都好好的，就是他最大的心願了吧。」

我要的不是這種官方又制式的回答！

「不會吧？媽，妳就沒聽說過爸有什麼自己想要的事……一個人無法做到的，希望有人幫他完成的？」我努力暗示、拚命暗示。拜託……媽，妳一定要想起一點什麼！這可關係到妳女兒的未來！

「嗯……」媽媽狐疑地盯著我，但還是認真想了好一會，突然靈光一閃，拍了下手道：「啊！我想起來了！」

「什麼什麼？」

「妳爸在妳剛出生的時候，有想過未來要牽妳走紅毯！」媽媽懷念地笑了起來，繼續說：「那好像是每個有女兒的爸爸都會有的心願，我記得妳爸爸那時特別好笑，講一講還自己難過得哭了。」

「……我是要找誰跟我結婚啊？」

「嗯？」

我煩惱地想。找卿卿嗎？我想到剛剛爸爸誤會我和言亦卿的事……搖了搖頭，還是算了吧！事情只會愈搞愈複雜而已。

媽媽噗哧地笑了出來。「不是問問而已嗎？妳怎麼還一副認真思考的樣子？我女兒已經大到想嫁人啦？」

「……並沒有。」我反駁。「我只是在想爸爸就沒想過萬一我一輩子不結婚的話，那要怎麼辦嗎？」

「養妳一輩子囉！」媽媽笑著說。「我想妳爸一定會這麼說。」

不不不……我才不管他會怎麼說，我只在意是不是我不結婚，爸爸就不離開啊！

我不想被他纏一輩子啊！

「有沒有結婚以外的選項？」

「嗯？」

「我是說……爸爸還有沒有其他心願，在我出生前的也可以……」別只是指望我結婚啊！

「妳怎麼突然對妳爸好奇起來？」媽媽奇怪地問。

我偷偷抹去額上的冷汗，說：「就……覺得自己好像對爸爸不是很了解……像妳上次拿出來的那張照片，我也是第一次看到。沒想到爸爸居然也有那個樣子。」

「哦……原來是因為照片啊……」媽媽的目光突然落到了遠方，像是懷念起很久很久以前的事，臉上泛起幸福的笑容。「說到那張照片，我想到妳爸以前也是個懷有歌手夢的人呢！」

「蛤？爸爸那個樣子……會唱歌？」不能怪我那麼吃驚，而是我從小到大就沒聽過爸爸唱歌，連最簡單的搖籃曲、小蜜蜂都沒聽過。

而且我以為像爸爸那樣古板又老實的人，說不定連流行樂是什麼都不知道。

「妳太小看妳爸了！他以前不止很會唱歌，他還和朋友組過團在街頭還有餐廳駐唱過呢！」媽媽一臉引以為傲的樣子，我只覺得聽起來像天方夜譚。

媽，我們現在說的是同一個人嗎？我簡直難以想像，那個永遠穿藍色制服，白手套，開遊覽車，總是眉頭深鎖、不苟言笑的人，曾經組過樂團，還駐唱過？

雖然……我想了想爸爸變成鬼之後的那身打扮和性格大變的樣子，好像……也不是不可能？

「那他怎麼沒有繼續唱了？」

「因為有了妳啊！」

「我？我害的嗎？」我指了指自己，突然可以編出一套狗血劇情——因為有了小孩，所以不得不對女生負責，放棄夢想……之類的。

媽媽卻搖頭。「不是，不是妳害的，應該說妳是讓他下定決心的原因。」

「什麼原因？」

「妳也知道當歌手這條路不好走，收入不穩又難以成名。妳爸在有妳之前就已經萌生退意，當時妳爺爺奶奶一直希望他回家，但他放不下陪他組團的好友，總想著再撐一下，或許就能有什麼成名的機會，卻始終不盡人意。」

「妳的出現，對妳爸來說是個下定決心的機會，讓他在家人和夢想間做出了選擇。」媽媽頓了下，突然嘆口氣道：「只是很可惜，當年和他組團、那個最要好的朋友後來就沒聯絡了。」

「那爸爸會後悔嗎？」

媽媽溫柔地搖了搖頭，「我從沒聽他說後悔過，他說人生就是選擇一條路然後前進，那條路就是當下最好的選擇。」

我不懂，如果他不覺得後悔的話，那他為什麼還留在人世間？

「那如果有機會的話，爸會想再組個樂團嗎？」如果會，那這個心願的難度會不會太高了點？我心裡想我要去哪裡找人幫爸爸組樂團？

就沒有簡單一點的心願嗎？

媽媽笑著搖搖手，說：「沒，怎麼可能？妳爸不會想再組樂團了。」但說完，媽頓了一下，又說：「倒是他曾說過一直以來都只在餐廳、街頭駐唱，聽眾頂多就十幾個。在樂團解散前，還沒有機會在真正的舞臺上，對著上千名觀眾演唱。」

所以辦演唱會是爸爸的心願嗎？這難度好像又比組樂團更高了……我苦惱地想，然後被媽媽以時間很晚為由趕回房間睡覺。

或許，明天找卿卿商量看看好了。

（五）

隔天我在火車站和言亦卿會合。

言亦卿一看到我就戰戰兢兢地問：「妳是珊珊吧？」

「當然，你昨天不是看著我們換回來嗎？」

「太好了！」言亦卿整個鬆了一口氣，拍著胸脯說。「昨天晚上真的嚇死我了！人家一直在想萬一妳和妳爸換不回來了怎麼辦？」

「幸好三太子的這個很有效。」我舉起左手，晃了晃手腕上的紅繩給他看。

言亦卿抓著我的手腕，對著紅繩左瞧右看。

「還好太子爺願意幫忙。」接著言亦卿頓了一下，又道：「那妳爸呢？他還在嗎？」

「當然，昨天一晚都在我房間裡，一直對著我碎碎念，你知道嗎？他居然把我藏在衣櫃裡的ＢＬ都翻出來看過一輪耶！」

坐在清晨搖晃的電車中，我滔滔不絕地對言亦卿說昨晚我爸的荒唐事就這樣一路聊到上了公車。

「你說離不離譜？當我是同性戀就算了，還當我是跨性別男？他到底懂不懂什麼是跨性別啊！」我搖著頭不滿地抱怨。

「妳爸已經算很好了，至少他願意接受，也很努力去了解這些東西。更重要的是他是為了要接受妳，願意連這些他不懂的東西一併都包容接納。就這點來說，妳爸真的很了不起！」言亦卿露出羨慕的眼神，看著我說。

或許是因為言亦卿雖然有爺爺力挺他的性向，但家族裡還是有許多人對他不了解，所以他才顯得特別有感觸。

我也不是不能理解他的羨慕，雖然我和爸爸很少說話，但他的確是個無庸置疑的好爸爸。

「我知道你很羨慕，但現在首要之急的是要怎麼把我爸送走吧？」我誇張地嘆了口氣說道：「你想想，他現在還留在我房間耶！我那堆ＢＬ都不知道要藏哪裡好……」

「呃……」言亦卿的表情一變，顯然也是想到只要我爸在的一天，他就不能隨意地進出我房間看漫畫，這對我們兩個人來說的確是比生死更嚴重的事情。

「所以妳有問出妳爸的心願是什麼嗎？」言亦卿問。

「我問啦，可是他只會給我官腔的回答，像是他只想我和媽過得好，或是想見見我們就好了！」我搖了搖頭，氣憤地道：「但他明明就看見我和我媽都過得很好，可是他還是沒有升天啊！可見那根本不是他真正的心願！」

「我想有的時候人真正的願望是很難說出口的，就像那些許願中樂透、許願賺大錢的人，難道他們真正的願望就只是要錢而已嗎？當然不是，錢只是達成他們心願的一種方式，真正的心願是無法輕易說出來的，也許就連當事人都不知道自己真正想要的東西……」言亦卿看著我，溫柔地說。

他的思考方式總是比我更深入細微，也比我更溫柔體貼。同樣的例子，換作是我，大概就認為那些人真的是為了錢而去許願中樂透。

「所以我爸那邊問不出結果，我就去問我媽了。」我攤著手回答。

「結果？妳媽怎麼說？」

「我媽說我爸有個全天下的爸爸都有的心願，就是希望我結婚。」

「……」

我看言亦卿的脣抿了起來，微微皺眉，顯然也和我想到同一件事情上。

我笑了笑，說：「你也覺得現在談結婚太早，對吧？萬一我一輩子不婚怎麼辦？難道他就要跟我一輩子嗎？」

言亦卿像是也想到那種可能，臉色更加煩惱了幾分。

「你也不想看到這種結果吧？所以我又問我媽，還有沒有其他種可能？結果你猜我媽說什麼？」

「什麼？」

「我媽說我爸以前的夢想是當歌手，而且是希望能在上千名觀眾前演唱的那種……」我嘆了口氣。又道：「我現在都不知道到底是等我結婚比較困難，還是幫他辦演唱會比較困難？」

「早，你們在聊什麼？」周子遙的聲音插了進來，我和言亦卿才發覺我們竟聊到連周子遙上車了都沒發覺。

很快地互道過早安後，周子遙好奇地追問：「我剛剛好像聽到你們在講結婚？還有夢想當歌手……什麼的？是在講以後的事嗎？」

我和言亦卿對看了一眼，實在不知如何跟周子遙開口，尤其是言亦卿一臉僵硬，我只好誇張地嘆了口氣，拍拍周子遙的肩說：「這種事我實在很難跟你解釋。」

周子遙抗議道：「別這樣，我以為我們是好朋友了！為什麼你們會講到結婚？是誰跟誰結婚？」

「你很八卦耶！」我無奈地說。

看著周子遙有點著急想知道的樣子，言亦卿開口小聲地解釋：「我們聊到珊珊爸爸生前的心願，好像是想看珊珊結婚……」

周子遙這時才意識到自己的唐突，頓時有些尷尬，每個人講到我過世的爸爸都會一臉歉疚。

「喔，抱歉……」周子遙不知所措地說，好像很抱歉追問這個話題。

自從我爸的死訊上報後，我一回學校就接到來自四面八方各種同情、關心的眼神。雖然我知道大家都是善意的，但那樣的關心卻讓我難以承受，好像無時無刻在提醒我，我爸死了一樣。

他們不知道其實我最不需要的就是他們的同情。

對我來說，我只想趕快回到正常生活，趕快習慣沒有爸爸在的日子。而這份迫切只有細心的言亦卿察覺到，所有人中只有他會若無其事地提起我爸，若無其事地和我打鬧聊天，這正是我所需要，讓我感到安心的正常。

也多虧言亦卿的若無其事影響了周遭的人，讓他們知道可以正常地對待我，所以周子遙突來的抱歉和歉疚著實讓我愣了好一會。

「沒事啦，幹麼道歉？」我揮揮手別過這個話題。

倒是言亦卿突然靈光一閃，輕輕地用手推了推我，小聲地在我耳邊說：「歌唱比賽。」

「歌唱比賽？」我一時沒反應過來，下意識複述。

周子遙眼睛一亮，「妳有興趣要參加嗎？」

「嗯？」我困惑地對著言亦卿指了指自己。我什麼時候有興趣了？

言亦卿向我眨了眨眼，像在暗示什麼，對著我說道：「比賽是在大禮堂那邊，不是會有很多人嗎？」

「應該會有不少人，除了我們學校的學生，還有參觀的訪客……」周子遙很順地接了言亦卿的話尾說下去。

言亦卿看了他一眼，再次對我加重語氣，暗示道：「也就是說如果參加歌唱比賽的話，就等於會在很多人面前表演。」

「對！整個大禮堂至少會有幾百個人吧！到時候氣氛應該會很嗨！」也不知道周子遙在高興什麼，居然和言亦卿一搭一唱起來。

聽得我臉色大變，頓時懂了言亦卿的意思。

不、會、吧？居然要我藉由歌唱比賽，達成我爸想在眾人面前演唱的心願嗎？

天啊！這真的可以嗎？

「等等，我覺得……不太好吧？」

「這不是妳夢寐以求的機會？」言亦卿再度眨眼。

「珊珊是妳想參加嗎？」周子遙怔了一下，也同時向我看過來，語氣轉為懇切。「拜託，我們真的很缺人上臺！」

「欸？」周子遙迫切懇求的眼神讓我無招架之力，我求救地看向言亦卿，但他一點都沒有想幫我的意思。

「我哪會唱什麼歌啊？」我瞪著言亦卿小小聲地說。

「又不是妳唱，讓妳爸唱啊！」言亦卿附在我耳邊悄聲地說。

我知道他的意思是讓我爸附身在我身上。但……

「你覺得這真的可以嗎？」

「不試試怎麼知道？不需要妳去找舞臺，又有現成的聽眾，不正是一個好機會？」

這麼說也是……權衡之下，我抱著破釜沉舟的心。

「好！那，我參加！」

「耶！」周子遙高興地拉著我的手說：「我總算不用再到處問人找人

了！到學校我馬上幫妳報名！」

周子遙緊緊抓著我的手不放，讓我的臉更熱了。

看著周子遙高興的樣子，我祈禱這次真的能順利達成我爸的心願把他送走。

（六）

十月的校慶活動對於我們高中而言是一件重要的事，我們學校校風一向自由，對於校慶活動非常重視，是一年一度全校師生用來比拚創意、惡搞的日子。雖然已經高三了，但班上沒有學測倒數的緊張氣氛，反倒對於高中的最後一場校慶興致勃勃。

在校慶中的歌唱比賽則是做為校慶活動中一個傳統暖場的開始，但其實這個比賽參加的人意願不高，通常是每個班上推舉出一、兩名去報名參加。大家都寧可把時間花在班級的活動上，因為活動的收入往往是每年校慶中，每個班級比拚的重點。

所以周子遙才會找不到人參加，對他而言我簡直是他的救星，因為如果再找不到人，他就要自己上臺了。而眾所皆知的是，幾乎十項全能的他唯一的弱點就是音痴。
不過他也沒有因為不用上臺而鬆一口氣。
因為我們這次班上決定的主題是：偽娘女僕咖啡廳。
「畢竟是高中生涯最後一次校慶啦！也是我們高三生最後一次參與學校活動的時候，我們當然要做一點不一樣的事啊！」提議這件事的是我們班上的副班長虞千玳。
她站在講臺上，閃著炯炯有神的眼睛，洋溢著青春熱血地說。接著便以驚人的行動力和氣勢，雷厲風行地推動提案通過。
當然並不是所有人都同意這個決定。
但在我們班上女生的力量大過於男生，尤其是一群年輕嗜血……不是，年輕活力的女高中生，她們團結起來想做某件事時，男生根本毫無招架之力。
於是偽娘咖啡廳在多數決的暴力下被通過。
不過男生們倒也不是完全反對，尤其在看到言亦卿打扮後的效果，讓不少人驚為天人，對於扮女裝不再那麼排斥，反而躍躍欲試。
於是班上的同學很快分配好工作，由男生們扮偽娘負責招待客人，而女生則負責製作咖啡、點心之類的輕食。

但我因為要參加歌唱比賽，等於早上的活動都無法參與，實在讓我有點沮喪。

「我也想看卿卿穿女僕裝的樣子……」接近校慶的某天放學後，因為活動當天幫不上忙，所以放學後我盡量留校久一點，幫忙班上做做看板、裝飾……等雜事。

言亦卿自然也留下陪我幫忙。

「那天試妝的時候妳不是看過了嗎？」言亦卿邊做紙花邊說。

「我想看的是你招待客人的樣子……一定很可愛。」

「妳講這種話好像老頭子會說的……」

「可是我就想看啊！」

「好啦，當天再叫別人幫忙拍照傳給妳。」言亦卿被我盧到沒辦法，只好無奈地說。

「我還要錄影。」得寸進尺就是形容我這種人。

言亦卿給了我一個「拿我沒辦法」的表情，雖然沒答應，但我知道他還是會做到我的要求，當下覺得心滿意足繼續手上的工作。

言亦卿這時轉移話題問：「那妳歌唱比賽準備的怎麼樣了？」

「嗯？應該……還可以吧？」我歪著頭想了想說。

那天回去我就跟爸爸說起歌唱比賽的事，爸爸第一個反應就是「蛤？我已經十幾年沒唱過了耶……」

雖然如此，但他也沒反對，反而還有點躍躍欲試地找起歌單，甚至還在家裡找出塵封許久的電吉他，重新上弦試音。

連媽媽都很驚訝我怎麼突然對吉他有興趣起來，我只能藉口說想模仿爸爸來帶過。之後每天晚上爸爸都會借我的身體來練習吉他。

「感覺我爸爸還滿開心的，或許這是他一直想做的事吧？」我說。

雖然媽媽說爸爸並不是因為我的關係而放棄音樂，但我想或許爸爸只是不想媽媽或我為這件事感到愧疚，畢竟練習吉他時的爸爸看起來是那麼快樂，一點也不像是已經不愛的樣子。

只是那個時候因為現實的種種考量，不得不放棄他最愛的音樂吧？

「如果這次能真的完成妳爸爸的心願就好了。」言亦卿溫柔地說。

我心裡也是這樣想，如果一切順利的話就好了。

（七）

時間很快地來到校慶當天。

因為爸爸只能在附身的情況下才能離開房間，所以當天早上我主動把手腕上的紅繩拿下，讓爸爸可以進入我的身體。

在這之前我們實驗過，在爸爸附身的期間內，我的靈魂不會跑太遠，是屬於緊緊跟隨身體的狀態，所以不管爸爸用我的身體去哪裡，我的靈魂就會跟到哪裡。

雖然已經不是第一次了，但靈魂脫離身體的狀態還是很奇妙，我覺得整個人輕飄飄的，像在無重力環境下的太空人般，僅憑著一條看不見的絲線聯繫著我和我的身體。

「爸，我先警告你，不准用我的身體做奇怪的事，最好不要亂看亂講話，還有紅繩我放在口袋裡，歌唱比賽一結束你就要馬上把身體還我喔！」我站在我爸旁邊，不放心地再次叮嚀。

「知道，妳昨天已經講過很多次了。妳還不放心妳爸嗎？」爸爸看起來精神奕奕、神采飛揚的樣子，對於我再三的叮嚀表示出一副「妳又來」的樣子。

可是……我能不擔心嗎？這是你用我的身體第一次去我的學校耶！

「珊珊，六點十分了，妳不準備出門嗎？」樓下傳來媽媽的聲音，提醒我時間快來不及了。

「爸，走吧！」

「好。」

爸爸背起電吉他，而我跟在他的身旁，兩人像將要赴戰場的士兵般，引頸就戮地打開房門……嗯，感覺緊張的只有我，爸爸倒是滿開心的樣子。

可能是終於能離開我的房間，爸爸顯得十分興奮，看到媽媽時甚至因為太過激動而不小心叫了媽媽的小名。

媽媽訝異地看著我，不，是看著附身在我身體裡的爸爸。

「妳怎麼突然學妳爸那樣叫我？」感覺媽媽的眼眶迅速紅了起來。

我再看向爸爸，爸爸也是一臉激動，我趕緊推了爸爸一下。

「爸，沒時間了，你別讓媽看出破綻！」我說。

爸爸才趕緊回過神，刻意想模仿我的樣子，用高八度的語氣說：「沒有啦，人家只是想這麼叫叫看。」

……不，爸，妳女兒並不會這樣說話。

我都不知道要怎麼吐槽了，突然間好擔心爸爸去了學校會怎麼樣？總覺得胃開始痛了起來。

「珊珊，妳準備好了嗎？」

幸好，言亦卿的聲音即時在門口響起，解除了我的尷尬，也阻止了我媽看出更多破綻的可能。

「卿卿怎麼來了？」媽媽從窗戶看見站在大門口的言亦卿，疑惑地問。

當然是我叫他來的，雖然我可以跟在我爸旁邊提點他學校的事，但如果有卿卿在旁邊幫忙的話，我會更放心一點。所以早就和言亦卿說過，要他盡可能地陪在我爸身邊。

「喔，那小子是……」爸爸正要回答，馬上被我打斷。

「爸！注意你的口氣！」我才不會叫卿卿那小子。

媽媽投了個疑問的眼神過來，爸爸趕緊改口說：「卿卿是我找他過來的。」

「可你們平常不都約在火車站嗎？」

「因為他今天要監視……」

「爸……是幫你拿東西！」

「喔，喔……幫我拿東西去學校……」爸爸不自然地改口。

在媽媽懷疑的目光下，言亦卿的聲音再次傳來：

「珊珊，快點哦，快趕不上火車了。」

「爸，快點走啦！」我推了推爸爸。

「好好……那……」爸爸看著媽媽張了張嘴，無聲地把媽媽的小名吞了進去，含糊地說：「……我先走了。」

說完，爸爸像是怕自己會留戀一樣，低著頭快速地衝往玄關穿上鞋子出門。

「欸，等等……」我看媽媽像後知後覺一樣，一會才追了出來，喊住正要騎腳踏車離開的爸爸。

爸爸和言亦卿牽著腳踏車停下來看向媽媽，媽媽的脣無聲地開合了一下，才說：「那個……比賽加油！可以的話，找人錄影給媽媽看。」

「好。」爸爸對著媽媽點點頭，在言亦卿的催促下才依依不捨地將視線從媽媽身上移開，跨上腳踏車離去。

坐電車移動的過程很順利，但第一個難關就是會在公車上遇見的周子遙。

周子遙和平常一樣，在公車開到第二站時上車，上車第一件事就是朝我們靠了過來。

「早安，哇！珊珊，妳背那麼大的吉他啊？」周子遙一上來就被我爸背上的吉他給嚇了一跳。

「這沒有很大，而且這是電吉他。」爸爸淡淡地解釋，表情不冷也不熱像是完全不熟的陌生人一樣，讓周子遙愣了下。

「早安，班長。」言亦卿趕緊插話，讓周子遙轉移注意力。

我則是趁機跟爸爸說：「這是我們班的班長，周子遙，他每天都跟我們坐同一班車，你不要對他太冷淡。」

「每天？每天都來找你們說話嗎？他有什麼企圖？」爸爸說話的音量不大，但還是被周子遙聽見了一些。

「蛤？沒、我沒、沒什麼企圖啊！」只見他像是慌張了一下，忙搖著頭否認，臉卻一下子臊紅了起來。

言亦卿也嚇了一跳，他是看得見我和我爸的人，自然也一字不漏聽見我和我爸的對話，趕緊幫著我爸向周子遙解釋道：「不是，珊珊不是在說妳。」

「我就是在說他啊！這條線的車次那麼多，哪有那麼巧，每天都可以同班車？」

「爸！你講這個幹麼？」我大喊。

「沒、沒有，我每天都固定這時間搭車啊，所以和你們同車的機率自然比較高。」周子遙大概是突然慌了，趕緊解釋。

但他其實沒必要解釋這個。

「我知道，雖然這條線車次多，但早上比較固定時間發車，所以只要固定時間幾乎都能坐到同一班車。」言亦卿像是在幫周子遙說話，但其實也是在向我爸解釋。

爸爸沒說話，只是沉默地看著周子遙，一時間散發出的威嚴感竟讓我有種熟悉感，就像爸爸生前一樣。

周子遙顯得惶恐不安，又滿腹疑問地開口：「珊珊，我怎麼覺得妳今天好像跟以前不太一樣？」

「爸！」我警告地瞪著我爸。

「沒有啊！哪有什麼不一樣。」爸爸很快地轉變態度，一副乖巧的樣子。

「嗯？」周子遙帶著狐疑的眼神，上下打量我爸，但又看不出任何奇怪的地方，自己解釋：「妳大概是比賽壓力大吧？」

沒想到我爸居然還跟著點頭認同：「畢竟都快二十年沒上臺了。」

……爸，你還是閉嘴吧。

在言亦卿的幫忙圓場還有我的監督下，爸爸幸而沒有在周子遙面前露出馬腳。

園遊會是十點開始，歌唱比賽也是十點。

早上到校後先幫著大家準備東西，接著就是校慶的開場活動，長官致詞，還有一連串的表演。

這段時間爸爸像劉姥姥逛大觀園一樣，看到什麼都驚奇不已。

「哇……你們高中生也太厲害了吧！那個衣服……也太花俏了！啊啊……那個女生裙子穿那麼短很危險……你們老師不管嗎？」

爸爸陣陣驚呼，引得副班長虞千玳忍不住調侃道：「珊珊，妳今天剛入學嗎？又不是第一次校慶了。」

想當年第一次校慶時，我們一年級新生也很驚訝二、三年級學長姊的打扮和創意，但到二年級時就已經是見怪不怪了。

不過對於古板的爸爸來說，的確是一次世代文化衝擊吧！
「我沒想到你們現在變那麼多……當年我們在園遊會上能買買東西、辦點小活動就很不得了了……」爸爸居然還跟虞千玳憶當年，聽得虞千玳一愣一愣的。
「蛤？」
「沒有啦，珊珊在說我們國小時的園遊會……」言亦卿趕緊救場。
我在一旁簡直快無地自容了。
快點結束吧……
九點半我叫爸爸準備去大禮堂集合，言亦卿要準備換裝所以不能陪我去，離開前他再三叮嚀我爸不要亂跑，顯得很擔心的樣子。
「只是上臺唱歌……又不是三歲小孩……」爸爸一副「你擔心太多」的模樣。
連周子遙也湊過來打趣道：「言亦卿，你好像擔心女兒的爸爸哦……」
周子遙是最早被打扮好的一批人，穿著大尺寸的女僕裝，戴著假髮，臉上還有被精心化過的妝容。但因為他的臉太過陽剛，即使妝化得再漂亮，離真正的女生還有一大段差距，不過那種違和感在他身上顯得特別有趣。

爸爸卻是被他嚇了好大一跳：「哇！你現在是怎樣？」

「嗯？」周子遙被我爸的反應嚇了一跳，納悶地指了指自己的樣子。

「不好看嗎？我自己覺得還不錯啊……」

「爸……那是我們班男扮女裝的活動……你不要那麼大驚小怪。」都怪我只顧著準備歌唱比賽，忘了先跟我爸打預防針。

「你們現在年輕人都愛搞這種奇奇怪怪的東西……」爸爸小聲地碎念。

「爸你別說了……」我感覺周子遙的視線一直傳過來，好像快看出什麼。

「珊珊，妳快來不及了，先去大禮堂吧……我中午換班再去找妳。」言亦卿也發現這點，一邊擋住周子遙灼灼的視線，一邊趕快把我爸推出教室。

我趕緊帶著我爸去大禮堂。

接下來只要讓我爸順利上臺演唱，就可以結束這種日子了吧？

我看著爸爸背著吉他，微瞇著眼睛，輕揚的嘴角，低低的歌聲不經意地從嘴唇流瀉而出，就連腳步都是少見的輕盈。我忍不住想，有多久沒看爸爸這個樣子了？

我在記憶裡搜尋了一遍又一遍，才發現其實我從沒見過爸爸志得意滿又開心的樣子。

最後一次看見他露出笑容是什麼時候？感覺是非常、非常久遠的記憶，在我小到還能被他抱在懷裡，在我還能在他手中飛翔的時候……

那似乎是我記憶中最後一次看見他笑容的時候。

之後我就再也沒見他笑過。

我知道爸爸他並不快樂，小時候的我或許對於背負在爸爸身上的事懵懵懂懂，也曾怨天尤人地認為自己出生在一個不幸的家庭，有一個失智的奶奶、瀕臨崩潰的媽媽、只知道工作的爸爸。

但隨著年紀漸長，也慢慢地懂得他們當時身上所背負的壓力，沒有誰對誰錯，只是身上背負的責任讓人拋卻了夢想，漸漸地忘了如何歡笑。

而現在爸爸終於可以拋下長久以來背負的責任，朝向完成心願的路上，也難怪他會如此開心。

果然爸爸心裡真正的願望，是年輕時無法達成的歌手夢。

大禮堂上已經坐滿了觀看比賽的長官、校長還有老師們，以及各班級為選手加油的人，我們班上目前沒事的人也在禮堂上拿著加油棒為我喝采打氣。

爸爸報到完後，和一群選手們坐在禮堂前排等待比賽開始，聽見我們班喊我名字的聲音時，回過頭像個明星般朝他們揮了揮手，感覺非常熟練的動作。

我前兩年也在那群加油的人之中，從沒想過自己有一天會登臺比賽，雖然實際登臺的人不是我，我卻慢慢地感受到一股緊張的氣氛。

我從沒有聽過爸爸的歌聲，在家用有限的時間練習時，爸爸也僅是撥弄著吉他，像是想要找回彈吉他的手感般，不斷練習。

大部分上臺演唱的人唱的都是時下的流行曲，雖然我只是個漫畫腐宅，並不了解流行樂，但他們演唱的大部分歌曲我也都耳熟能詳。

我看過爸爸報名的曲目，是一首沒聽過的自創曲，他說是他那時候在樂團唱的歌。歌曲旋律雖然有點老氣，但我看評審老師大部分都和爸爸同年，說不定能和他們找到一些共鳴。

這樣想就覺得爸爸說不定有機會奪獎？

「下一位，十二號，吳珊珊同學請準備。」主持人唱名的聲音令我的心跳陡然落了一拍，倒是爸爸非常從容地舉手喊有。

主持人被爸爸中氣十足地喊「有」給嚇了一跳，尷尬地笑了笑，抬手示意爸爸把舉起的手放下。

爸爸拿起吉他，充滿自信地上臺，調整完麥克風的位置，用一個輕輕的和弦帶起前奏，刻意壓低的嗓子，溫柔富有情感的聲音和著吉他流淌而出，充滿禮堂的每個角落。

在人海中初見妳，像臘月雪裡初綻的梅，
在我心頭落下一抹紅……

令人驚豔，我看見禮堂所有人不自覺地抬起頭凝視著舞臺上的我，不敢相信優美、扣人心弦的歌聲竟是從我口中唱出。

原來爸爸真的那麼會唱歌。

妳的氣息如花香，像冬雪裡含蓄的梅花，
妳說喜歡的聲音，像夏日中輕盈的風鈴。

明明是我自己的聲音，卻在爸爸的技巧下變換出不同的味道，好似我已不是我一般。

站在舞臺上的是曾為吳阿明的歌手，是我的爸爸。

為了妳，我絞盡腦汁，想把所有美好的詞都獻給妳……
國色天香、花容月貌、美若天仙、如花似玉，
沉魚落雁、傾國傾城、一代佳人、月裡嫦娥……
形容不出妳一分的好。

正當我還陶醉在歌曲開場的感動時，不知不覺爸爸的吉他愈彈愈快，原本溫柔的曲風慢慢變了調，舞臺上的爸爸愈唱愈投入，臺下的觀眾也隨著加快的節奏愈來愈嗨。

這已經不是一開始那首情歌的旋律，我後知後覺地意識到爸爸改編了那首情歌，和在家裡練習的不一樣，居然將一首溫柔抒情的慢歌改編成快節奏的搖滾樂？

原來爸爸以前想當的是搖滾樂歌手嗎？

螓首蛾眉、雙瞳剪水、亭亭玉立、綽約多姿，
玉指如蔥、膚如凝脂、小家碧玉、粉妝玉琢……
也講不出妳半分的美。

我瞪著眼睛，看著臺上的爸爸愈唱愈瘋狂的樣子，他已經把我的馬尾散開，彈著吉他的身體隨著音樂用力搖擺，長髮隨著他頓足的節奏搖晃，愈來愈快，披頭散髮的樣子，活像個喪屍般。

我已經徹底傻眼，無法阻止爸爸拿起麥克風瘋狂尖叫的聲音，而臺下更是隨著爸爸的音樂興奮到極致。

這跟我一開始想像的樣子完全不一樣啊！

我看臺下的評審老師們個個露出不敢置信的表情，看著臺上的爸爸像個瘋子一樣甩著頭髮又唱又跳。

「跟著我再唱一次，我要把所有美好都唱給妳！」

臺下的學生也跟著瘋狂地暴動，又叫又跳，蹬足的聲音使得整個禮堂為之震動彷彿地震，感覺屋頂都要被這聲音給掀開了一樣。

一曲終了，爸爸拿起麥克風仰天號叫了一聲，高舉右手朝天比出兩根

手指，宛若在倒數即將發生的事情，一股不祥的預感在我心中劃過。

我眼睜睜看著手指由二變一，像是一種神聖的訊號，所有的人跟著屏息，那一瞬間安靜得如身處宇宙之外，眼前的景象如慢動作在我面前分解，而我卻無法阻止。

吉他在爸爸手中用力地朝地板砸去，紛飛的木屑從每一個瞪大眼睛的評審老師眼前劃過，斷裂的琴弦發出最後瀕死的鳴響，震耳欲聾。那聲音像是一種號誌，一瞬間所有的學生為之鼓躁沸騰，尖叫聲幾乎要衝破禮堂的屋頂。

事後，卿卿跟我說，那時的尖叫聲連遠在教室中的他們都被嚇了一跳。

完蛋！

我捂著眼不敢去看評審老師們的表情。

「謝謝大家！」爸爸卻一臉饜足地對臺下的老師和觀眾一鞠躬，然後朝後方的觀眾揮揮手，最後看了我一眼。

「不不不不……」

我瘋狂地搖頭尖叫，卻無法阻止爸爸掏出放在口袋中的紅繩往左手腕上一套。

不要啊！

我瞬間像被強入的磁鐵吸入般，再如何不情願也在一瞬間回到自己的身體裡。

手上拿著斷成兩截的吉他，尷尬地看著評審老師充滿驚嚇、不敢置信的眼神，和舞臺下方一群被點燃熱情、陷入瘋狂不停大喊著安可的學生。

「謝……謝謝大家！」說完我頭也不回地落荒而逃。

第三章

（一）

「欸，你看……是那個砸吉他的學姊耶……」

「她那天超酷的！你看她的影片都上熱搜了！」

「我知道我知道，那天我有在大禮堂現場，學姊唱歌超好聽的，最後砸吉他的那一下簡直群情激憤！連我都覺得超熱血的！」

「學姊真的超帥，我看坐在前排的評審老師每個都傻眼了！哈哈哈……」

「可惜學姊最後沒有拿到名次……我真的覺得她應該是第一名的！」

「真的真的……」

今天從我到學校開始，類似這樣的閒言細語就不斷地傳進我耳裡。不論走到哪裡都可以聽見有人討論我的聲音。

在校慶上的那一砸，讓我成了名人，有人把那天比賽的過程節錄下來，上傳到網路上，標題是「帥氣砸吉他的搖滾樂女高中生」，結果一夕爆紅。觀看人數在兩天內突破萬人，被不斷分享轉傳，同時間還有不同的角度畫面的影片上傳，就連我的班級、名字之類的資料也被人起底。

甚至連我媽看到那支影片也跑來問我：「影片上的人真的是妳嗎？」

是啊……就是妳寶貝女兒，只是身體是我，但內在的靈魂是那個混蛋爸爸。

而爸爸在比賽結束後，毫不留戀地就將身體還給我，完全不管他留下的爛攤子。就在我以為他應該已經心滿意足地升天時，他卻安然無恙地待在我房間裡，對我說：「寶貝，歡迎回來！」

……寶貝個頭啦！你不是應該已經升天或是去哪裡了嗎？為什麼還在我房間裡？我不是已經達成你的心願了嗎？不然你到底還想怎麼樣？

面對我一連串將要崩潰的問題，爸爸仍舊以他一貫的「不知道」回答。

我想死了的心情都有了。

結果媽媽在看完影片後，還告訴我：「妳跟妳爸真像……最後唱歌的那個手勢，他每次表演結束都會這樣比。還有砸吉他……我記得是他和他朋友第一次正式上臺那時候吧？他也是因為太激動而把吉他砸了。」

媽媽在說的時候一臉興奮，彷彿回憶起當年自己還是在舞臺下看著喜歡的歌手的小女孩，臉上紅通通地像上了過多的腮紅。

但，媽……這種事妳要早說啊！

我一直以為爸只是用吉他唱唱簡單的小情歌，騙騙無知少女心的那種民謠型歌手。早知道他是唱搖滾樂，而且還是會砸吉他的那種，我、我就不讓他上臺了！

「妳現在真的成了學校的名人了！」在放學回家的路上，周子遙不怕死地趕上來調侃我。

「我只想低調又安靜地和我的ＢＬ活著……我一點都不想出名……」我有氣無力地對周子遙說。

今天一整天來自四面八方的目光和竊竊細語讓我心累，甚至還有不少人攔下我想跟我裝熟，也有學弟妹們跑來表示希望我能教他們吉他……我何德何能啊？

何況我根本就不會吉他……

「說不想出名的人還會砸吉他嗎？」周子遙挑著眉，調侃著我。

我皺眉瞪他。「你很煩耶！」

「班長，你別再鬧珊珊了，出名這件事又不是珊珊想要的。」熟知內情的言亦卿無奈地開口幫我說話。

「還是卿卿了解我。」我轉頭靠在言亦卿身上向他尋求安慰。

言亦卿像媽媽一樣安撫地拍著我的頭。

「你們感情真好……」周子遙有點酸酸地說，隨即又問：「不過珊珊，說真的，同班三年沒聽說過妳會彈吉他？妳這麼厲害，為什麼之前都不說？」

「……」因為我根本不會吉他啊，這種事要怎麼說？

我還在想這件事要怎麼在周子遙面前圓過去，卿卿已經幫我開口：「珊珊也沒必要什麼事都說吧？好了，公車快來了。」

但周子遙不死心，接著問：「我還是想知道妳是什麼時候學的吉他，怎麼這麼厲害？我都對妳刮目相看了！」

……但是讓你刮目相看的人不是我啊。我沒回答，隨著公車的到來假裝沒聽到般和言亦卿一起上了公車，周子遙跟在卿卿後面。我們找了靠門邊的角落站著，車上人很多，言亦卿和周子遙把我護在角落免得被人群推擠。

「欸，我覺得妳校慶那天好像變了個人似的，我都覺得不認識妳了，再加上砸吉他……我一直很想問妳，那天妳是怎麼了嗎？實在不像是妳會做的事。」周子遙關切地看著我問。

我一直以為那天已經有適當地蒙混過去，沒想到周子遙這人平常看起來大而化之，卻是個細心的人，那天的事根本沒瞞過他，還是讓他看出了異狀。

面對周子遙真心關切的眼神，我心裡冷汗直流。

爸爸的事我敢毫不忌諱地告訴言亦卿，是因為我知道無論我說出的話如何荒誕不經，卿卿都是站在我這邊相信我的。那周子遙呢？我能告訴他那天是因為我被爸爸的靈魂附身的關係嗎？他會不會當我是瘋子？

我眼神飄移，完全不敢直視周子遙的眼睛。

「你別一直問，珊珊也是有不想說的事的。」言亦卿再次開口幫我解圍。卻引來周子遙喪氣地說：「我一直以為我們已經是朋友了，但你們總是有一種讓人打不進你們圈子的感覺。」

「呃……不是……」周子遙的樣子讓我有些心慌，他用當朋友的真誠對我們，但我卻沒有用同等的態度對他，從不相信與他成為好朋友的可能。

總覺得突然有種愧疚感在刺著我的心臟。

（二）

「其實……不是不跟你說……而是不知道該怎麼說……」我慌張地向周子遙解釋。

卻看見周子遙的視線落在言亦卿身上，而言亦卿臉色怪異，身體不住左右移動。公車上人很多，雖不至於像沙丁魚的狀態，但能移動的空間也不多，平常為了不造成別人的困擾，不是要下車的人通常不會移動站好的位置。

尤其言亦卿又是特別注意周遭的人，很少會像現在這樣頻頻移動位置。

我用眼神詢問言亦卿，他只向我微微搖了搖頭。

但他明明不像沒事的樣子。

我的視線落到他身後的人群，看起來並沒有什麼異狀。正覺得奇怪時，卻見周子遙一步向前將言亦卿拉向自己，同時伸手抓住言亦卿身後的一個上班族。

「你剛剛是不是在對我朋友性騷擾？」

我從沒看過周子遙那麼生氣的樣子，他身材高大，脅迫感十足，瞪著對方時殺氣滿溢叫人心驚。

被他抓住的上班族穿著灰色西裝，身材瘦弱，面有菜色，就像是隨處可見的路人大叔一樣，誰都不會多看一眼，也不會想到他竟然會做出性騷擾這樣的事情。

「你你、你憑什麼、這麼說？」面對周子遙來勢洶洶的氣勢，上班族被嚇得有些結巴，但仍奮力地為自己辯解。

「我有看到，你雖然刻意不面對我朋友，但你的手一直碰到他。」周子遙氣憤地說道。

「你開、開什麼玩玩、笑？公車上人那麼多，只不過是不小心碰到幾下而已！這也能算性騷擾嗎？」上班族一開始還顯得有些心虛，但後來似乎是冷靜了，說話也愈來愈大聲。

他們的聲音引起了公車上眾人的關注，對著我們竊竊私語。

「不小心能總是碰到褲子嗎？何況你那種程度已經不是不小心碰到了吧？」周子遙言之鑿鑿，說得中年上班族臉上一陣紅一陣青。

我驚訝地看向言亦卿，他的表情非常難看，我竟然都沒發現卿卿被人性騷擾！心中的一把怒火也在這時被點燃。

中年上班族眼神飄移，看看我又看看卿卿，接著像是找到什麼理由一樣，忽然理直氣壯地說：「拜託，你朋友是男的吧？誰會對一個男生性騷擾啊？我又不是同性戀！」

「你說什麼？」這理由太過荒誕令周子遙皺起了眉頭。

「是你和你朋友自我意識過剩吧？現在的小朋友動不動就覺得別人對他性騷擾，其實你們根本是想藉此威脅我吧？告訴你，大人沒那麼簡單就上當的！」好像占了理般，上班族突然就得意洋洋起來，那陰險的樣子像極了電影裡的反派角色。

「你怎麼可以這樣說？明明是你不對！」我氣得跳腳，偏偏又拿不出什麼證據來證明。

而周圍竊竊私語的聲音愈來愈大，看著我們的眼神帶著好奇、探究和不友善的目光，好像真的懷疑我們說謊一樣，令人不適。

「不過就是幾個高中生，毛都沒長齊就想學人告性騷擾嗎？」上班族似乎勝券在握，看著我們的表情都顯得十分倨傲。

「你太過分了！」我氣到恨不得上前揍那個上班族一頓，卻被言亦卿攔了下來。

「算了啦！」

「卿卿？」怎麼可以算了呢？這種人一定要報警的啊！

「周子遙，你放開他啦，算了，我又沒怎樣……沒事啦，可能……真的只是不小心碰到而已。」言亦卿面有難色，像是不安於周圍人的視線，開始想息事寧人。

這時司機突然插話：「小朋友車上都有監視器，你們不用擔心，這位先生你有沒有做，等下再麻煩你到警局對監視器說明一下。」

接著司機又廣播說：「各位乘客不好意思，因為車上有疑似性騷擾的事件，剛剛已向警方通報，現在車子必須先去警局一趟，耽誤大家的寶貴時間，非常抱歉，也請大家體諒。」

一聽完司機的話，上班族的臉色就變了。顯然在我們爭執的期間，公車司機就已經先和警察取得聯繫。

「需要那麼誇張嗎？不過就是誤會！」上班族已無剛剛得意的樣子，他努力想掙脫周子遙的手逃脫，卻敵不過周子遙的力氣。

「司機說得很清楚，是不是誤會我們到警察局看監視器不就知道了？」周子遙說。

「是啊！到警察局說清楚！」我緊握著言亦卿的手，對言亦卿說：「絕對不要姑息這種人！」

言亦卿也回握我的手，低聲地說：「謝謝。」

（三）

在公車司機的幫忙下，我們到警察局報了案。有了監視器的幫助，那上班族性騷擾言亦卿的惡行全被拍了下來，甚至還在上班族的手機中發現許多張不知道是偷拍還是從網路上截圖下來許多年輕男生的猥褻照片，其中居然還有言亦卿校慶當天的女僕裝。

說什麼「不是同性戀，誰會對男生性騷擾」，但手機裡的照片根本證明了這人早就圖謀不軌。

警察根據照片開始追查受害者，等我們在警察局做完筆錄，離開警局時，天色已經完全暗了下來。警察本想好心地送我們回去，不過我們三個人住不同地方，離得又遠，便婉拒了警察的好意，只讓警察指引我們到最近的公車站，便結束了這場驚魂。

「班長，今天真是謝謝你。」離開警局後，言亦卿馬上向周子遙道謝。

周子遙擺了擺手，說：「不謝，這是應該的。」接著像想到什麼，又道：「不過，都這樣了，你怎麼還是叫我班長？」

「嗯？」言亦卿愣了一下，不解地看著周子遙。

周子遙手指言亦卿，又指向自己說：「你從來沒叫過我的名字耶，一直叫班長，好像我們很不熟一樣……」

「你本來就萬年班長啊！」我小小地吐槽。

「還不是你們老愛陷害我？」周子遙輕輕瞪了我一眼。

「怪我？我看你也當得很開心啊。」

「什麼話……」

我和周子遙老樣子一路鬥嘴直到上了公車，卻忽然聽到言亦卿開口。

「周子遙。」

我和周子遙同時安靜下來，齊齊看向言亦卿。

只見言亦卿難得直視周子遙的眼，誠摯地說：「周子遙，謝謝你今天幫我，老實說這已經不是我第一次遇到，但我始終沒有勇氣去揭發那些人的行為……」

我驚訝地看著言亦卿，他居然說不是第一次了，那究竟是何時？什麼時候的事，我居然一點都不知道？

我突然想到每一次上公車，言亦卿總是主動把我和人群隔開，是不是就因為他被騷擾過所以才主動保護我的？

「你怎麼都沒有跟我說？你早點說的話，我們就可以報警把那些人都抓起來啊！」我覺得有些難過，我就站在離他最近的距離，卻從不知道這件事。

言亦卿搖搖頭，「畢竟我是男生啊，男生遇到這種事，怎麼說都覺得有點丟臉……而且就像今天遇到的那個變態說的，我也不知道是不是我自我意識過高，怎麼會有人對男生性騷擾？」

「性騷擾又不分男女！」周子遙忿忿地打斷言亦卿的話。「以後遇到這種事，不用客氣，抓起來去報警就對了！」

言亦卿笑著點頭，「我知道了。下次我就不會客氣了！」接著言亦卿又對著我和周子遙鄭重地說：「今天你們這樣幫我，我真的很感激，謝謝你們。」

「不要謝！」我一把抱住言亦卿，悶悶地說：「我才要跟你對不起，我居然完全沒發現你被性騷擾的事……」

「那又不是妳的錯……」言亦卿趕緊安慰我說：「而且我也不是常常發生這種事，那種事情只有很偶爾才會遇到……珊珊，妳別自責啊！」

「我覺得以後你都要小心點了……」周子遙突然若有所思道。

我和言亦卿都奇怪地看著他。

「為什麼？」我問。

周子遙拿出手機，搜尋出一張照片標題是「最漂亮的男高中生」，上面赫然是言亦卿在校慶當天穿女僕裝的照片。

在這個網路時代，任何一點引人注目的行為都會被PO上網。我在校慶上砸吉他的影片還有言亦卿女裝的照片，都被人PO上網，還意外地紅了起來。

「那個變態的手機上有你的照片，我覺得一定還有其他人也從這張照片認出你來。」周子遙皺著眉頭說。

周子遙的話我不禁感到有些害怕起來。是不是之後卿卿還會遇到更多這樣的事？

我還在想之後要怎麼辦的同時，言亦卿突然「啊」了一聲。

「周子遙，我現在才發現，你坐過站了……」言亦卿說。

「對耶……周子遙，你怎麼沒注意過站了？」聊得太專心，都忘了周子遙早該下車了。

周子遙搖了搖頭，「才發生過那種事，我怎麼放心你們兩個自己回去，當然是陪你們到火車站啊！」

「你那麼晚回去沒關係嗎？」我問。

「沒關係，我已經傳 line 報備過了。」周子遙無所謂地聳肩，然後道：「而且我也決定，以後我會提早兩站，到火車站陪你們一起坐公車。」

我嚇了一跳。「你這樣不會太麻煩嗎？」

「不用這樣吧？反正那個變態也被抓啦……」言亦卿說。

但周子遙堅持，「不是說可能不止他一個變態嗎？何況我也不放心啊！你們兩個看起來就不會保護自己……」

「我們哪有你說得那麼弱……」我撇了撇嘴道。

「不管啦，反正你們兩個我就是不放心，就這麼說定了！」周子遙自行霸道地決定。

「周子遙，你人也太好了吧？」言亦卿對周子遙笑著說。
「你現在才知道！」周子遙也回以一個帥氣的笑容。

（四）

從那天起，周子遙真的如他所說，每天都來火車站陪我們搭公車。而那個上班族在被抓到性騷擾之後，就再也沒見過他。
「反正不過是提早兩站的距離，也還好。」周子遙無所謂地說。
他這舉動看在我眼裡實在是很帥氣。
因為和我們一起坐車的時間拉長，所以我們三個人的感情也愈來愈好。言亦卿自那天以後，似乎愈來愈習慣周子遙的存在，偶爾不小心還會在他面前流露出女性化的一面。
他第一次不小心在周子遙面前說出「人家」這詞的時候，讓周子遙整個愣了一下。
「沒事，你什麼都沒聽到。」言亦卿馬上發現自己說漏了嘴，表情懊惱，試圖亡羊補牢地說。
周子遙反應過來後，卻是掩著嘴偷笑：「沒想到言亦卿你說話那麼可愛。」

「什麼啦！哪有稱讚男生可愛的？」言亦卿從未被同性稱讚過，一時慌了手腳，白皙的臉浮上一層淡淡的紅暈。

那個樣子就連我也不得不承認是有點可愛。

不過……

「可愛應該是用來稱讚女生的吧？我就沒聽你說我可愛過！」我嘟著嘴佯怒道。

「蛤？像妳那麼聒譟又愛看ＢＬ漫畫的女生，哪裡可愛了？言亦卿都比妳安靜乖巧多了……」周子遙不客氣地吐槽，氣得我拿起書包往他身上砸下去。

周子遙嚇得往旁邊躲，嘴裡一邊嚷嚷道：「妳看妳看！暴力女！」

「哼！」我撇過頭，小聲地嘟囔：「明明喜歡ＢＬ又不止我，卿卿也一樣啊！」

「我們家珊珊很可愛，周子遙，你不要這樣講！」

「還是卿卿最好了。」

「欸欸……你們兩個……」

像這樣的對話出現在我們三個的日常愈來愈多，似乎也有一些不一樣的感情在發酵。

但我還是沒忘記我最大的隱憂——一直占據在我房間不肯離去的老爸。只是我似乎也愈來愈習慣，回到家就看見他在我房間的日子。

這樣的日子不知不覺又持續了一個月後，某天我回家竟發現我本應上小夜班的媽媽居然還留在家裡。

但我並沒有聽說她今天休假。

我帶著疑惑走進屋內，卻沒有在客廳和廚房看見她。

難道在房間？

我走上樓，媽媽的房門緊閉著，隱約從裡面傳出她一個人的說話聲，聽起來像是在講電話。

「……怎麼會這樣？……他也太過分了吧！」

「證據……只要能找到證據就好了……」

我帶著疑問佇足在她房間門口好一會，但媽媽說話的聲音太小，只有偶爾激動的聲音才能讓我聽到一些隻字片語。

究竟是誰打來的電話？

我站在門口好一會，直到媽媽的聲音停了下來，接著聽見她收拾東西向門口走來的聲音。

「啊，妳回來啦？」打開門看見我時，媽媽明顯嚇了一跳。「居然已經這麼晚了，抱歉，媽媽晚餐什麼也沒準備……」

我搖了搖頭。「沒關係，我以為妳去上班，所以晚餐我已經買好自己的份了，要不要我再去幫妳買一份晚餐？」

「啊，不用，我等一下要出門，妳先吃晚餐吧。晚上如果太晚了就不用等我，先睡吧！」

我看媽媽拿著包包，面露焦急，像是有什麼緊急的事一樣。

「妳要去哪裡？」我問。

「我要去妳爸的一個朋友家裡。」

我皺眉，爸爸有什麼朋友？和他最常往來的都是公司上的同事，而這些人媽媽又不太熟，為什麼要去找他們？

「出了什麼事嗎？我剛剛好像聽到妳講電話……」

「沒事，妳不需要擔心，先去吃晚餐然後寫作業吧！媽先走了。」媽媽拍了拍我的肩，把我當小孩般不願多說，便急匆匆地下樓。

我聽見她焦急的腳步聲，在客廳裡轉了一圈，然後是拿起鑰匙咔啦聲，接著走向玄關，「砰！」地將大門打開又關上。

「噗嚕嚕……」摩托車聲音在寂靜的鄉村夜中特別明顯。

我一直到她走遠了，再也聽不見摩托車的聲音後，才走進房間。

一進房就看見爸爸焦急地在房間裡踱步。

「怎麼了？」我放下書包邊問。

「我剛剛聽見妳媽在講電話。」爸爸眉頭深鎖地說。

「嗯，發生什麼事了？」

我的房間就在媽媽房間的隔壁，牆壁是相連的，就算爸爸離不開我的房間，他也能聽見媽媽在隔壁的說話聲。

「妳媽在和別人商量我的事……她覺得我是過勞死的，可是卻提不出證據……」爸爸抓了抓頭，擔憂地嘆了口氣。「事情都過了半年了……怎麼可能會有什麼證據呢？」

「所以她剛剛才會跑出去找你朋友？」爸爸的死因一直是媽媽心頭刺，難怪媽媽剛才臉色那麼難看又那麼著急的樣子。

「她大概是去找我以前的同事，他在我過世前半個月就提辭呈了，他是有跟我抱怨過覺得現在的工作環境太操、太累，他怕再做下去身體會受不了，遲早過勞死……」爸爸搖了搖頭，嘆氣道：「沒想到他居然一語成讖了……」

「所以……你也覺得你是過勞死的嗎？」

爸爸剛死的那段日子，先是被媒體渲染成英雄，但一陣子後開始有人深究爸爸的死因。有離職的員工向媒體爆料爸爸所待的公司對於司機的待遇苛刻，工時長，休假短，懷疑爸爸可能連續出勤導致過勞死亡。

於是一時間勞工團體、工會藉著爸爸的事件開始炎上，指出遊覽車司機種種不合理的上班時數和薪資。

讓本來傻傻接受爸爸是突發性心肌梗塞死亡的媽媽，也因此開始懷疑爸爸的死因不單純。她多次找上爸爸遊覽車公司的老闆要求負責，卻始終遭到他冷漠對待，遲遲不願承認爸爸有過勞死的可能。

幸好在媒體持續關注這件事的情況下，有律師主動找上門願意幫我們調查爸爸的死因，並給予我們法律上的幫助。

於是開啟了媽媽與遊覽車老闆的長期抗戰。

但這件事情我知道的並不多，因為媽媽始終當我是小孩，而不願讓我涉入太多，所以我知道的也只是一些片面的消息。

例如第一次開庭的結果非常不順利，缺乏有力的實證，無法證明爸爸是死於公司的不合理待遇下。

但我也知道身為高中生的我在這件事上能幫的忙不多，只能照顧好自己不讓媽媽為自己煩憂，便是對媽媽最大的支持。

所以爸爸過世這半年來，我都是自己處理好自己的事情。

「我不知道這算不算過勞，畢竟遊覽車的工作一直都是這個樣子，我都這樣做了十幾年了。」爸爸露出困惑的表情，不是絕對肯定的事情，他也不願隨便誣賴、指責別人。

爸爸和媽媽都一樣，都是平凡老實的人，常常只會委屈自己卻不願意多占別人一分便宜。

就像奶奶的事情一樣，明明應該讓大伯和兩個姑姑一起分擔照顧的責任，卻因這種老實的個性而選擇自己扛起。

「但是……你就沒有覺得有什麼異常嗎？」我問。這也是我第一次問起爸爸死亡的事情。

爸爸抓了抓頭，想了想才說：「最近疫情比較和緩一點，所以出團的需求比較多，可是我們公司的人力跟不上，畢竟還有很多人被隔離，所以那陣子幾乎都沒有休息。」

「嗯？」換我覺得疑惑，說：「可是你們老闆說你的排班都是照規定……」

這也是第一次開庭不順利的原因，媽媽說爸爸連續上班三十天都沒有放假，但老闆拿出來的出勤班表卻說是正常，有照規定給足四天假。

甚至老闆拿出的班表上還有爸爸的簽名確認，讓媽媽無法告贏遊覽車老闆。

「啊……那個班表是為了應付勞工局檢查用的……」爸爸說，一副難以置信的樣子，「因為我們司機有開車才有算在出勤的時數內，但帶團出去常常一整天或是兩三天，休息和出勤的時間很難算，如果照實寫的話，看起來就像是連續工作一樣，老闆說這樣會被勞工局刁難，會讓他難做。所以他做了兩份班表，一份是把我們的休息時數統整在同一天裡，看起來比較漂亮，給勞工局稽查用，另一份就是我們實際的出勤時間。」爸爸解釋。

也就是說，爸爸如果帶團整天十二小時，中間實際開車時間八小時，待命四小時，老闆就將那四小時的時間視為休假，爸爸帶團三天，累積下來的待命時間在老闆的假班表上就等於一天完整的休假，但實際上爸爸卻是連續工作。這聽起來感覺就大有問題……

「你怎麼會答應老闆做這種假班表的事？」

「我沒有想到這是不對的，畢竟這種事行之有年，是大家默認的。而且我想說我在這公司做了那麼久，老闆當年對我也不錯，分紅和獎金都是同業界裡最大方的。在我們家很艱難的那段日子，也是靠老闆給的工作，我才有辦法撐過妳奶奶生病的那段時間。」爸爸嘆了口氣說：「所以我實在沒想到……在我出事之後，這個會被他利用來規避責任……」

「所以……我剛剛聽到媽媽說要證據……難道是指班表？」我問。

爸爸點頭，說：「妳媽從我同事那邊知道有兩份班表的事，但是剛剛律師和警察帶人去老闆家和辦公室裡搜查，卻沒有找到那份班表。所以妳媽才會急匆匆地要和律師去我前同事那邊商量下一步該怎麼辦？」

「原來如此……」難怪媽媽會那麼急著就走了，如果能有那份正確的班表就可以證明爸爸是過勞死的吧？

但是……這種不利的證據老闆大概早就藏起來了，哪有那麼容易被找到呢？

爸爸嘆了口氣說：「警察他們大概不知道老闆會把那個東西藏在哪裡吧？要是我也能跟著去就好了。」

「嗯？」我突然靈光一閃地問：「爸爸你知道班表會藏在哪裡？」

「當然，我都在公司做了十幾年了，老闆早就把我當自己人，他從來就不避諱在我面前放一些重要文件，我連他房地契放哪都知道。」

「那我們是不是可以去把它偷出來？」畢竟如果直接跟警察說的話，他們也不會相信，不如直接去偷出來。

「咦？」爸爸皺起了眉頭，不是很贊同地說：「妳要怎麼偷？這樣太危險了！」

「可是如果不能證明你是過勞死，那我和媽媽就拿不到你的賠償金，還讓老闆繼續用同樣的方式對待別人，你難道都不會不甘心嗎？」

我看著爸爸一臉被我說中的樣子。或許爸爸會出現在我房間裡，就是上天為了讓他替自己伸冤，懲罰無良的老闆。

不管是電影還是小說都是這樣演的！

我愈想愈覺得沒錯，愈發興奮地遊說爸爸：「你可以用我的身體去拿！你不是知道位置嗎？」

「哪有那麼容易，晚上公司都有警衛在，也有監視器……」

「監視器的話，有我啊！不是聽說鬼魂可以干擾監視系統嗎？」我愈想愈覺得這主意可行。如果可以拿到班表，不但爸爸的官司能有所進展，還可以達成爸爸的心願，幫助他升天。

「警衛的話……我們可以找卿卿，他可以幫我們轉開警衛的注意力……」

「妳要拖言亦卿進來？不好吧？」爸爸猶豫地說。

「但是我們需要人幫忙，而且我能信任的人也只有卿卿了！」

「但珊珊……這件事很危險，萬一被抓到的話，對妳和卿卿都不好……爸爸不想妳去做危險的事……」

「我要拿的是證據，又不是要拿其他值錢的東西。」我理直氣壯地說：「何況如果不這樣做的話，根本沒辦法讓你的老闆認罪。」

爸爸沉默了。

我繼續說：「為什麼你明明過世了卻還出現在這裡？又剛好其他人都不知道的事情，只有你一個人知道，你不覺得這是老天給你的機會嗎？爸！這難道不是你回來的原因嗎？你不就是不甘心自己就這樣死了，所以才回來的嗎？只要拿到證據，就能懲罰害你過勞死的老闆，媽媽也不用再為你的官司奔波勞累，這不是一舉兩得的事情嗎？」

爸爸似乎被我說動了，想了很久，終於鬆口道：「那……妳找卿卿過來，我跟你們說說公司的位置……」

（五）

隔天，我迫不及待地就把整件計畫告訴言亦卿。

「偷班表？」卿卿忍不住驚呼。「珊珊，妳膽子未免太大了吧？」

「可是你不覺得這是一個很好的計畫嗎？」我躍躍欲試地說。「你想想看，如果成功的話，不但可以了卻我爸爸的心願，還可以懲罰無良的老闆，也可以幫助到我媽！這不是一舉數得的事情嗎？」

「可是……妳要偷的不是簡單的東西耶……是要潛入別人的公司裡……」言亦卿面有難色，壓低著聲音說。

「是我爸待了十幾年的公司，裡面的配置他都很熟悉，絕對可以帶我們潛進去的。」

「萬一失敗的話，我們會被當成小偷抓起來耶……妳有想過嗎？」

「當然有，但是跟這個風險比起來的話，我覺得更重要的是抓到老闆作偽證的證據，這關係到我爸、我媽，還有我！我覺得是非做不可的事……」

「但是……」言亦卿還很猶豫，卻不知道要怎麼反駁我的話。

對於他猶豫的態度，我覺得不太高興，「當然，這件事和你沒有關係，我也不勉強你一定要幫我……」

「不是的，我不是不願意幫妳，我只是擔心妳的危險……」

「就是怕危險，我才來找你提前計畫和商量啊！如果你只是想阻止我的話，那就算了，我自己一個人也可以做到這件事！」

「珊珊……」

我鬧起彆扭，不想和言亦卿說話。

我知道言亦卿的個性比較小心謹慎，也害怕惹麻煩，否則以前被霸凌時不會選擇忍氣吞聲。只是一心以為可以從他這裡獲得無條件支持的我，覺得有些失望罷了。

我們之間難得吵架的氣氛也延續到公車上，很快就被周子遙發現不對勁。

但他不知原由，也不知如何勸起，只好任由沉默和尷尬瀰漫在我們三人之間。

一整個早上過去，我沒有找言亦卿說半句話，終於逼得言亦卿受不了，中午下課後主動來找我示好。

「珊珊，我們找個地方談談早上的事吧！」

令我意外的是，他還帶著周子遙一起過來。

我知道言亦卿主動說要談談已經是妥協的意思，只是我不懂帶著周子遙一起過來是什麼意思？

我用眼神詢問言亦卿，言亦卿認真地點頭：「我要談的事，也希望周子遙能知道。」

「為什麼？」言亦卿應該知道讓周子遙知道的意思，表示我得連我爸爸變成鬼的事一併告訴周子遙。

我可不想被周子遙當成神經病。

周子遙卻有些受傷地說：「珊珊，我們都認識那麼久了，你們有事情也別把我排除在外啊！」

「我……我沒那個意思。」我心虛地迴避周子遙投過來的眼神。

「珊珊，我想了想這件事如果只有我們兩個人還是太危險了，如果能多一個男生幫忙，應該會更順利。」言亦卿說。

你就不是男生嗎？我在心裡想，但沒敢真的吐槽。

「珊珊，妳就相信我吧，不管什麼事情，我都可以幫忙的！」周子遙拍胸脯誠心誠意地說。

「而且……」言亦卿把我拉到一旁小小聲地說：「而且妳不是喜歡周子遙嗎？那就別把他排除在外，這也是能和他增進感情的機會啊！」

我怕感情還沒增加，他先把我當神經病怎麼辦？我在心裡嘀咕，但看著周子遙坦率的眼神，和言亦卿認真為我製造機會的份上，我還是屈服地點頭了。

「好吧！可是，周子遙你要先答應我，我接下來說的話都是真的，而且你不准對其他人說。」

「那當然！」

於是在周子遙的保證下，我一五一十地向他說出我爸爸變成鬼的事情，還有這陣子以來，我為了完成爸爸的心願做了多少的事情。

周子遙聽得一愣一愣，直呼不可思議，但讓我放心的是，他沒有笑我，也沒有當我在胡言亂語。

「所以校慶那天早上我看到的人不是妳？」周子遙回想起校慶那天的情形，一臉恍然大悟。

我點頭。「身體是我，但裡面的靈魂是我爸爸。」

「好、好神奇啊！難怪我那天一直覺得妳怪怪的，原來妳真的和妳爸爸交換身體了？」周子遙激動地抓著我的肩膀不住搖晃，「天啊，沒想到真的有這種不可思議的事情，哇嗚！」

周子遙像是壓抑不住內心的雀躍，忍不住怪叫一聲。

「那妳和妳爸後來怎麼換回來的？」他的眼睛裡閃亮亮地盡是好奇和探究的目光，沒有任何我擔心的質疑和排斥。

其實我早就該知道周子遙是這種人的，對於朋友他向來坦率真誠，而且無條件地包容接受班上各種不同個性的人，所以他才會那麼受歡迎，也才會連著三年都被我們選為班長。

並不只是因為他好說話的個性而已，而是班上所有人都真心喜歡他、信任他。

我在他面前轉了轉左手上的紅繩，說：「這個是卿卿帶我去向三太子求來的紅繩，綁在手上可以避免爸爸不小心進來我的身體。」

「哇，這也太神奇了吧？」

「所以我是計畫偷班表那天會把紅繩拿下來，讓爸爸帶我們進去。」我把話題轉到目前的主要目的——偷班表上。

周子遙和言亦卿馬上嚴肅起來。

接下來幾天，周子遙和言亦卿都陪我回家，找我爸爸一起擬定策略。又花了幾天的時間在爸爸的前公司附近徘徊，熟悉地形。

不得不說言亦卿找周子遙加入真是對極了！

他體力好，腦筋又靈活，很快地就幫我們查出公司外監視器的位置和警衛巡邏的狀況。

於是當一切準備就緒後，我們便排定了某一個平日晚上，開始執行我們的計畫。

（六）

爸爸的前公司在我們小鎮外圍的地方，人煙稀少，占地廣大，足以停靠十幾臺遊覽車，在旺季的時候這些車往往應接不暇，很少會全部停滿。而辦公室相對於廣大的停車場而言，只是一個非常簡陋的兩層樓建築。

通常晚上九點以後，不會有人派車，幾乎所有的人都會離開公司，只剩下一個警衛在公司巡邏。要到凌晨四、五點才會有早班的司機過來。所以我們能利用的時間，就是晚上九點到凌晨四點這段時間。

由於整個公司最值錢的就是他們的遊覽車，所以監視器的位置也主要集中在停車場上，警衛巡邏時也是以廣大的停車場為主。辦公室這邊因為只放文件和出缺勤表，在管理上相對寬鬆。

調查了幾天監視器的位置，配合爸爸對於公司的說明後，我們決定從監視器的死角——辦公室後面的圍牆攀牆而入。

到了施行計畫的那天，言亦卿和周子遙早早就和家人說好了藉口要來我家。

看見他們講義氣地出現在我房間，為了我家的事情盡心盡力，我不禁滿心感動地握著他們的手。

「謝謝你們！」

「客氣什麼？」

「謝什麼？我們可是最好的閨密！」

他們堅定可靠的身影在我眼裡成了最安心的存在。

我眨了眨眼，眨去眼中可疑的水霧，舉起左手說：「那，我現在要去換我爸過來囉！周子遙，如果我爸有說什麼奇怪的話，你別放心上哦！」

我爸到現在還是對周子遙存有奇怪的敵意，該說是父親對於男生的直覺嗎？總之雖然我從沒讓我爸知道我喜歡周子遙，但我爸卻自然而然地把周子遙當成是帶有目的接近他女兒的男生。

「好，我知道了。」周子遙笑了一下，顯然是想到校慶那天，我對他莫名其妙的敵意。

現在知道當時在我身體裡的是我爸後，一切就有了合理的解釋了。

我把紅繩取下後，爸爸便像校慶那天一樣進入我的身體裡；而我則是被彈了出來，成了幽靈。

幸好言亦卿還能看見我。雖然我也不知道為什麼只有他能看到我，但這樣讓我安心許多。

我在周子遙面前揮揮手，又扮了鬼臉，還作勢踢了他一腳。但周子遙渾然未覺，只是盯著我的身體，看著我爸，遲疑了很久，才開口喊道：「吳……爸爸？」

「叫伯父就好了，不要叫我爸爸！」爸爸對周子遙仍沒有太多好感。

即使在這段日子中知道周子遙其實是個人人眼中的三好青年——長相好、人品好、家世好，爸爸還是看周子遙不順眼。

「是，伯父。」周子遙不以為意，從善如流地答應了。

反倒是爸爸對於周子遙的聽話顯得有些不自在。

「那麼我們趕快出發，得盡量在十二點以前回來，不然會被珊珊的媽媽發現的。」爸爸說。

因為我們三個都還不到可以騎摩托車的年紀，所以是分別騎兩臺腳踏車過去，由周子遙騎我的腳踏車載我爸同行。

「同學，騎車騎穩一點！我可不會抱你的！」爸爸以粗魯的姿勢跨坐在後座說。

「是。」周子遙只能和言亦卿相視苦笑。

而我和我的身體間的某種聯繫，讓我能毫不費力地跟在他們身邊。

在夜色的遮掩下，我們很快地來到爸爸前公司附近。

在又寬又筆直的產業道路上，人車稀少，只有每十幾公尺的路燈照亮著整段路。而離開道路的四周不是荒煙蔓草，就是已關門的工廠。

附近安靜得嚇人，為了不被發現，我們把腳踏車藏在不遠的地方，然後三個人加我一隻鬼偷偷摸摸地來到辦公室後方。據爸爸的說法那裡的監視器是壞的，大概老闆也沒想過有人會來辦公室偷東西吧。

我們在圍牆後面等，等著辦公室的最後一盞燈熄滅，我先代替大家飄進圍牆內，確認辦公室沒有人，再叫大家進去。

圍牆有點高，所以由周子遙先托著言亦卿爬上圍牆，再讓言亦卿從圍牆上把我爸拉上去。

這時候就慶幸有帶周子遙來，不然只憑言亦卿和我，光是圍牆就爬不上去了。

也因為在我身體裡的是我爸，所以即使爬上一人高的圍牆，他仍是毫不猶豫地跳了下去，在我爸翻過圍牆後，周子遙也憑著跳躍力一鼓作氣攀上圍牆，爬了過來。反倒是言亦卿一個人卡在牆頭，望著圍牆的高度，顯得有些腳軟。

畢竟言亦卿從小文靜慣了，從沒做過像男孩子一樣撒野爬牆的事，周子遙見他面有難色，伸手鼓勵他。

「不要怕，跳下來，我會接住你。」

「卿卿，加油！」

「卿卿下來，我都跳下來了，沒事的！」

言亦卿也知道現在不容許他退縮，閉了閉眼，再睜開，看著周子遙露出視死如歸的表情往下跳。恰恰落入周子遙的懷中，因為作用力太猛，周子遙撐不住，險些一起往後倒下，幸好我爸在旁邊即時撐住兩個人才沒有受傷。

「小心點！」我爸說。

「對、對不起……」言亦卿的表情有些羞澀，很快地拉開和周子遙的距離。

「沒關係，沒事吧？」

「沒、沒事，謝謝。」言亦卿搖頭。

「我們快點進去吧？」我開口打斷他們，而我爸早已順著建築物繞到大門去。

言亦卿和周子遙這才趕快跟了上去。

警衛在最後一個人離開辦公室後，也跟著離開去巡邏停車場做最後的檢查。

據爸的說法，這趟巡邏會比較久，主要是檢查離開的員工有沒有確實將車子整理好上鎖。畢竟曾發生過司機下班，卻不小心把客人留在車上的情形，所以警衛都會再做最後的檢查。

我們便趁著警衛不在的這段時間，潛入辦公室內。

建築物的大門是密碼鎖，但這難不倒在公司上班十多年的爸爸，他很快地按下密碼讓大家進去。

而要偷的班表就在二樓，老闆辦公室的祕櫃裡。

言亦卿開了手機的手電筒功能，讓大家可以在漆黑的建築物中順利地走上二樓。

事情進展得比想像中順利，看來很快就可以達成任務。

我才這麼想完，意外就發生了。

一路走到老闆的辦公室，爸爸沒有多想，畢竟是待過十多年的地方，熟門熟路地將門打開，接著突然「啊」的一聲倒下，我也跟著失去意識。

「吳爸爸？」

再睜開眼時就見言亦卿抱著我，焦急地輕拍我的臉頰。

我回過神才發現，我居然回到身體裡了？這是怎麼回事？

第四章

（一）

「我爸呢？」我抓著言亦卿焦急地問，言亦卿被我突然大力一抓給嚇了一跳。

「什麼？妳是珊珊？」

「珊珊？」周子遙也蹲在我身旁驚訝地看著我。

我用力點頭，同時心急如焚地環顧四周，卻沒有看到我爸的身影。

「怎麼會這樣？不是說只要沒戴紅繩就不會換回來嗎？怎麼會突然就交換了？」周子遙奇怪地道。

「我不知道怎麼會這樣？卿卿，你有沒有看到我爸？」紅繩還在我口袋裡，我的左手是空的，照理我爸不會突然離開我的身體，到底是怎麼回事呢？強烈的恐懼和不安瞬時籠罩我的心裡。

言亦卿搖了搖頭，道：「我沒看見，不過應該是關老爺的關係……」

我順著言亦卿的目光朝辦公室裡看去，只見辦公室的牆上有一座小小的神壇，上面供奉的是關公的神像。

雖然早知道老闆的辦公室內有拜關公，但怎麼也沒想到祂竟真的有靈，還把我爸從我的身體裡趕了出去。

「怎麼會這樣？祂把我爸怎麼了嗎？」我緊緊抓著言亦卿，幾乎要哭了出來，會不會這趟出來反而害了爸爸？

言亦卿抱著安慰我說：「不要擔心，關老爺是好人，祂不會欺負善良的靈魂……」

我總覺得說這句話的卿卿，其實自己也沒幾分把握。但此刻我只能相信他的話，不然我可能會就地崩潰。

「糟了，卿卿，快把手電筒關掉！」周子遙突然焦急地喊。

我們這才發現掉在地上的手機，手電筒的強光朝上，如果這時有人朝建築物看過來，一定能很輕易從窗戶看見亮光。

這情況太過緊急，我甚至沒有心思在乎周子遙什麼時候改了對言亦卿的稱呼。言亦卿也沒有反應過來他的稱呼有何不對，只是趕緊順著他的指令將手電筒關掉。

現在只祈禱警衛並沒有發現辦公室內有燈光亮著。

「先別擔心妳爸了，我們趕快找出被藏起來的班表，完成該做的事後，趕快離開，不然連我們都會有危險。」周子遙靠著窗戶，就著停車場上微弱的燈光，觀察警衛的行動。

言亦卿也催促我道：「珊珊快點，妳還記得妳爸說東西藏在哪裡嗎？」

我趕緊抹了眼淚爬起來，幸好我爸之前有跟我說過東西藏的位置。

我走到老闆辦公桌後面的書櫃，拿下其中一櫃放的咬錢蟾蜍，在蟾蜍後面有個沒人知道的暗櫃，因為只是用來藏東西，所以只有暗扣而沒有鎖。

我很快地將它打開，裡面是一大疊不分年代的文件。

慘……這下要找到我爸當時的出缺勤紀錄會很花時間……

「糟糕，警衛好像走過來了。」周子遙趕緊離開窗邊，朝門口走去。「我先出去，想辦法轉開警衛的注意力，你們動作快一點！」

「可是你這樣被發現會很危險！」言亦卿往外看了眼警衛的動向。「他也不一定會進來辦公室，要不要再等看看？」

「不行！等警衛真的走到大門這邊就糟了，我們誰都別想出去。」周子遙堅決地說。

「趁現在離開，我還不會被他看見是從辦公室走出來，他只會把我當成附近的高中生，頂多把我訓誡驅離，不會怎麼樣的。但是……」周子遙話峰一轉，嚴肅道：「但是如果珊珊被看到，他們馬上就會聯想到妳是為了妳爸的官司而來，到時候可能就有所防備，一定會想辦法對付妳和妳媽。所以珊珊絕對不能被看見。」

說完，不等我們反對，周子遙就跑了出去。

我看他從樓下偷偷摸摸跑出去，跑到停車場引起了警衛注意，讓警衛追著他跑過去。

這一刻他在我眼裡看起來真的有幾分帥氣。

「珊珊，妳過來看看……」言亦卿已經趁此機會把那疊文件分類，「看看是不是這幾張。」

我趕緊過去和言亦卿一起確認時間和名字。

「對，這個日期是我爸過世前幾天的班表……」看著那份真實記錄的班表，我不禁又是一陣鼻酸……

整整三十一天，沒有完整一天的休假……

——『你又要去上班？』

——『嗯，臨時有團客要接。』

——『有必要那麼拚嗎？你不怕過勞死喔？』

——『珊珊，怎麼可以這樣跟妳爸說話？』

和爸爸生前零星的幾句對話閃過腦海，我眼睛一熱，眼淚幾乎要奪眶而出。都是因為這份毫無人性的工時奪走了我爸的生命。

如果那一天能阻止他出門的話，是不是一切就會不一樣？如果那天不要那樣說話，是不是一切就不會成真？我明明清楚這一切不是我的錯，卻無法止住懊悔自責的心情，從爸爸過世的那一天起一直都存在著，促使我想為爸爸做更多的事情。

可是爸爸卻……我止不住擔憂的心情，擔心著現在下落不明的爸爸。

直到一陣「啪嚓啪嚓」的聲音將我從情緒中拉回，我看見言亦卿正拿起手機將文件拍照。

「不拿走嗎？」我看著言亦卿的舉動，吸了吸鼻子問。

「拿走的話，我們就真的變成小偷了。」言亦卿說。「我們只是要證據而已，拍照也一樣，可以避免打草驚蛇。」

「嗯。」我點頭，看著言亦卿很快地將那幾份文件拍照留檔，然後再把那疊文件照原樣放回暗櫃裡。

「快走吧！」言亦卿拉著我順著原路離開辦公室，來到建築物後方。

但問題來了，沒有周子遙我們要怎麼爬上圍牆？

我們原地試了好幾次，就是無法靠著單人之力爬上牆頭。

「珊珊，帶著這個。」言亦卿將他的手機塞進我的口袋，接著毅然地在我面前蹲了下來。「踩我的肩膀上去。」

「蛤？那你怎麼辦？」

「我去幫周子遙，妳不用擔心我們。」言亦卿再次拍拍自己的肩膀說：「快點上來，我推妳上去。」

「可、可是……我很重耶！」雖然我的身材還算標準，但怎麼說也不是竹竿型的女孩，我看著言亦卿單薄的肩膀，那一腳怎麼也不敢踩下去。

「快點啦！」言亦卿轉頭催促。「妳那點重量不用擔心！再怎麼說，我也是男生啊！」

我臉上一陣臊熱，幸好天色夠暗，不至於被言亦卿看見我快要燒起來的臉頰。我小心翼翼地踩上他的肩膀，明明隔著鞋子卻還是感到一陣熱度從腳底竄了上來，燙得我想縮腳。言亦卿的手卻伸上來扶住我的小腿肚，隔著長褲，那份熱意不減反增。

只是扶著腳而已，也不是第一次有身體接觸，為什麼我會有一種難為情的害羞，全身因為緊張而忍不住發抖。

言亦卿卻以為我在害怕，反而安慰我：「我會好好扶妳，妳快點爬上去。」

我伸手攀上牆頭，卻因為手腳發軟而無力，試了兩三次才成功爬上圍牆。

「珊珊，不要怕，一鼓作氣跳下去就好了！」言亦卿在牆下鼓勵我。

我坐在牆頭看著卿卿，倒不是害怕圍牆高度，而是擔心他。

「還是……我拉你上來？」我說。

「不可能，妳拉不動的……」言亦卿搖頭，再次催促：「快點走吧！妳趕快先騎車走，我和周子遙甩開警衛後就會追過去！」

「那……你們要小心哦！」我知道自己幫不上忙，而且我還必須把證據拿回家才行，只能咬牙一鼓作氣地跳下圍牆。

「啊！」落地的姿勢不是很完美，讓我有些狼狽地跌趴在地上，膝蓋和手肘都隱隱作痛。

「珊珊妳還好吧？」言亦卿在圍牆內聽到我的聲音，連忙關心地問。

「沒事。」我忍著痛，趕快從地上爬起來，不想讓卿卿為我擔心。

「那妳趕快走，我去找周子遙！」

圍牆內，我聽見言亦卿的聲音說。

「好。」我只能忍著痛，一拐一拐地跑向藏腳踏車的地方，騎上腳踏車離去。

一路上我不停地祈禱，祈禱爸爸平安，祈禱他們沒事，不要被抓到。

但我的願望只實現了一半。

周子遙和言亦卿直到天亮了都沒回來。

(二)

我一路狼狽地哭著回到家裡，擔心著爸爸，也擔心著言亦卿他們。

完全沒想到自以為縝密的計畫最後卻闖出大禍。

要是害得爸爸魂飛魄散怎麼辦？

要是害周子遙和言亦卿被抓住，被送去警察局怎麼辦？

這全是我害的……都是我的錯……我不要堅持做這種事就好了……

回到家才發現自己的褲子膝蓋部分染了血，手肘也擦破皮，臉上淚痕斑斑……

為了不被媽媽發現，我趕緊上了二樓回自己的房間，一進房就看見爸爸好端端地在我的房間裡。

「爸！」我大喊一聲，撲了過去。理所當然撲了個空。

但爸爸的表情非常焦急擔心。

「珊珊、珊珊，妳怎麼樣？怎麼全身是傷？怎麼哭得那麼慘？妳還有哪裡受傷？哪裡會痛啊？」

「哇……」看到完全沒事的爸爸，讓我從剛剛一直緊繃的心立時鬆懈了下來，好不容易才關上的淚水又忍不住湧現而出。

我哭得抽抽答答，一句話都講不上來。

「別哭了、別哭了……珊珊……到底發生什麼事了？妳的傷要不要緊？要不要去看醫生？」爸爸碰不到我，急得在我身邊轉來轉去。

「我以為……我以為……你又死掉了……」我邊哭邊喊，把剛剛一直忍耐的恐懼不安宣洩出來。

「沒有、沒有！爸爸本來就死掉了！」

「不是……你剛剛突然不見……我以為……以為你被關公打到魂飛魄散了……」

「誤會、都是誤會……關老爺不知道我是妳爸爸，以為我是孤魂野鬼占據妳的身體，所以才把我打了出去……沒事啦……」爸爸趕緊跟我說明原委。

「那你有跟祂解釋嗎？」我稍稍安了心，抹了抹眼淚，吸著鼻子問。

「有有有……關老爺後來知道了，所以爸爸不是好好地在這裡等妳了嗎？」爸爸說。

我總算放心了，但想起另一件事，又忍不住掉眼淚。

「怎麼又哭了？是傷口痛嗎？還是後來又發生了什麼事？」爸爸伸手想擦去我的眼淚，手卻是穿過我的臉頰，我只感覺到一陣冰涼，什麼都碰不到。他很快地將手收回，無奈又悲傷地看著自己的手心。

我把他離開之後的事情告訴他，也跟他說周子遙和言亦卿為了保護我還留在公司裡，不知道有沒有順利逃出來。

但好消息是，我們真的找到了那份被老闆藏起來的真實班表。

「你看，是不是這一份？」我把言亦卿手機上拍到的照片秀給爸爸看。

爸爸點頭。「對，這是我那時候的班表，上面有我的簽名和打卡紀錄。辛苦你們了。」

我的眼淚再次奪眶而出，有了這個當證據，爸爸的官司就能落幕了，媽媽也終於不用再為這件事煩憂。

然後爸爸……

我看著眼前半透明的爸爸，淚水模糊了我一點視線，爸爸的樣子也在淚水中變得朦朧，似乎快要消失般。

對啊，這件事成功後，就算是了卻爸爸的心願，這次爸爸一定能離開這裡，能成佛吧？

為了讓爸爸能安心成佛，我做了那麼多努力，這次總算要成功了。

我抹了抹眼淚，對著爸爸揚著手機說：「爸，這下你安心了吧？有了這班表，你的冤屈就可以得到伸張，你那無良的老闆也會得到應有的制裁……」

我開心地說個不停，沒注意到爸爸落寞的神情；又或者我其實看到了，但我卻不當一回事。

我只滿懷期待地希望好不容易得到的班表，能給爸爸的這場官司帶來助益，能夠讓爸爸順利成佛。

而另一方面我也擔心著周子遙和言亦卿，而無暇探究爸爸落寞的表情從何而來。

（三）

我擔了一整夜的心，一直到隔天才知道周子遙和言亦卿終究還是沒有逃過警衛的追捕。

但他們也沒有受到太嚴厲的懲罰。似乎被當成半夜愛遊蕩探險的高中生，被訓誡之後就通知家長領回了。

因為被雙方家長管束，所以也沒機會通知我，讓我擔心了一整夜。

總之隔天上學看見他們沒事，我也就放心了。

只是對他們非常過意不去，他們這樣幫我，結果反而害他們被雙方各自的家長罵了。還好他們平常行為良好，所以這件事只被當作年輕氣盛，一時貪玩給揭過。

後來我把拍下來當證據的照片匿名傳到媽媽的手機裡。

我不知道媽媽會如何利用這份資料，但收到訊息的那幾天她顯得精神奕奕，雖然變得更為忙碌，不過看起來心情非常好。

沒多久媽媽就跟我說，「妳爸爸的案子很快就會有結果了！」

我把這件事告訴爸爸，爸爸只是笑笑地說他知道了，但看起來並沒有特別高興。

可這應該是他的心願啊？或許在結果未定之前爸爸還是會擔心吧？

又過了一個多月，爸爸的案子總算一審判定了下來，爸爸被認定為過勞死，而老闆必須為此負責。

判決下來的那一天，媽媽拿著判決書抱著我哭個不停。

我們母女倆久違地一起在家好好吃了一頓飯。為了爸爸的事情，這半年多來媽媽總是忙得足不點地，喪禮、媒體、官司、賠償……樁樁件件都耗費心力。

如今判決下來，如同塵埃落定，媽媽的心情放鬆了不少，還喝了一些酒，整個人醉醺醺地。

「我總算感覺能好好地送妳爸走了……」媽媽帶著醉意，吐露出真心話道。

我也是這麼覺得，而且是實質意義上的「送走」。我心裡想。

將喝醉的媽媽好好扶上樓睡覺時已經是半夜了。

我悄悄拿走媽媽的判決通知書走進房間裡，放到爸爸面前。

「爸，你看，一審的判決下來囉！你那個老闆確定要為你的過勞付出代價。」我有些得意地說。

實際看到判決書後，才讓我覺得那天闖入爸爸前公司的舉動並沒有錯，雖然過程很驚險，也害周子遙和言亦卿被警衛抓又挨罵，但就結果來說是好的。

只是爸爸難得地表情沉重，沒有我想像中的高興。

「這樣啊……」他低頭看著判決書的內容，只說了三個字後就沒有下文。

「你不高興嗎？這可是為你做的耶！如果不是老闆沒有良心給你排了那麼多班，你也不會年紀輕輕就死了！」

「是啊……」爸爸輕輕地說，那聲音帶著許多惆悵。

然後爸爸慢慢地嘆了口氣，又說：「可是當年啊……也是多虧了他給我排那麼多班，我才有能力撐起我們這個家……」

我有點不高興，都這種時候了，還在懷念那個無良老闆的好嗎？

「你什麼意思？難道他給你排那麼多班，害你過勞死，我們還要謝謝他嗎？」

「不是，我不是這個意思！」爸爸趕緊解釋道，「我只是……只是沒想到會和老闆走到這一步……」

爸爸的手穿過判決書，明明碰不到，卻像是在輕輕撫摸判決書上的文字，一下、一下……

我卻完全無法體會爸爸的感慨。在我看來，遊覽車的老闆就是造成我爸爸死亡的元凶，我不知道爸爸為什麼要同情這種人？

更讓我覺得心驚的是，爸爸完全不像是有達成心願的樣子。

不可能，都做到這樣了，這怎麼可能不是爸爸的心願呢？我甩甩頭，甩去心裡不安的念頭。

「總之一審的判決結果在這裡，律師也說對方沒有上訴的意願，後面不會再翻盤了，只是賠償金額的多寡而已……所以，你應該可以安心了吧？」

是吧？接下來應該就見不到爸爸了吧？我咬咬牙甩去心底隱隱不安的想法。

爸爸苦笑了一下。「是啊。」沒有針對這個話題再說什麼。

隔天爸爸的案子一審結果上了新聞版面，幾乎可說是大事底定。但爸爸仍舊在我房間裡，一點消失的跡象都沒有。

（四）

「我不知道我還能怎麼做才能讓我爸成佛。」

爸爸的案子都結束快一個月了，但爸爸還在我房間裡。身為一個現役女高中生，每天要和自己的爸爸同處一室已經夠難過了，我居然還讓爸爸住在我房間裡將近半年的時間。就算他是鬼，這也無法改變他是我爸，而且還是個中年大叔的事實。

眼看一個學期將要結束，我心中的焦慮感也愈發嚴重。

如果他就這樣一直不成佛會怎樣呢？

「是不是妳爸還有什麼放不下的事？」言亦卿問。

氣溫愈來愈低，放學後的陽光也愈來愈短暫，很快地第一顆星星就在天空亮了起來。

我和言亦卿、周子遙三個人，一如往常地在放學後一起走向公車站等車，也習慣在這時一起閒話家常。

「但我怎麼問他還有什麼想做的事都問不出個結果，就連他和前公司的官司結束，他好像也沒有很高興的樣子……我實在不知道他還想做什麼事？」我很無奈地說。

「還是要找法師來超渡？」周子遙提議。

「超渡？我是要我爸正常的升天、投胎，不是要超渡祂！萬一把我爸搞沒了怎麼辦？」我瞪了周子遙一眼道。

「超渡不也是同樣的意思嗎？我看每年廟裡法會都是這樣的……」周子遙疑惑地說。

「我爸又不是孤魂野鬼……而且我真的找法師來家裡，那不就被我媽知道了嗎？」

「這也不行、那也不行？妳爸還真是麻煩……」周子遙搖了搖頭，受不了地說。

我覺得他其實是想說我很麻煩。

「要有那麼簡單解決，我還需要問你們嗎？」我用鼻子哼了哼氣道。

周子遙和言亦卿又陸續提出許多辦法，但都一一被我否決。到最後他們也完全無可奈何，周子遙兩手一攤：「那就真的沒辦法了……」

「靠！」我邊罵，邊動腳踢了周子遙一下，周子遙笑著試圖閃躲，但因公車上真的太擠，所以他還是被我準確地踢中小腳。

「暴力女！」周子遙輕輕唉了下，旋即被我瞪了一眼。

「雖然真的很不想用這招，但……我想最後也只能讓卿卿跟我結婚了吧？」我看著卿卿，不抱希望地說。

「欸欸欸？為什麼你們要因為這樣結婚？」只是我沒想到最先反對的是周子遙。

「哦，之前說過她爸爸的心願裡有一項好像是想看珊珊結婚。」言亦卿幫我解釋道。

「咦？可那不是開玩笑的嗎？難道你們要為了這種事結婚？」周子遙不敢置信地大叫，引得公車上的人側目，讓我和言亦卿一陣尷尬。

「小聲點啦！你沒聽說過假結婚嗎？」我伸手拍打周子遙，讓他冷靜點。

「你們才高中生耶！」周子遙知道自己反應過頭，連忙壓低聲音，卻還是擋不住一臉震驚。

「所以說是假的啊，只是做個樣子。」我說。

「還是有別的辦法吧？妳再想想看……」周子遙還是一臉不贊同的樣子。

「還能有什麼辦法？」我攤了攤手道。

「反正……就是不行……我……」周子遙的聲音愈來愈低，連我都聽不清楚他後面說了什麼。

「你說什麼？」我問。

「沒什麼。」周子遙很快地搖頭，直接轉移話題說：「快寒假了，你們有什麼打算嗎？」

「除了念書，還能有什麼打算？」我說。

畢竟都高三了，過完年就要學測，基本上也毫無假期可言。班上自校慶後就正式進入大考的肅殺氣氛，每天討論的都是學測內容和成績。

「我也是，應該就和珊珊一起念書吧。」言亦卿說。

「你們不會連大學都要考同一間吧？」周子遙微微皺了下眉頭問。「但卿卿想考的不是藝術設計類的學校嗎？那妳……？」

「這有什麼問題嗎？」我知道周子遙是想說我對美術方面毫無天分，但那又沒關係。

「我還可以考分科啊！術科不足的部分就用學測和分科來補囉！」我理所當然地說。卿卿又離不開我，他這麼怕生，我們當然會一直在一起。

「嗯……」

周子遙看著我欲言又止，言亦卿也沒有說話，我正覺得氣氛安靜得有點奇怪時，周子遙又開口。

「喔，既然這樣，我想問你們要不要一起報名補習班的考前衝刺，我找到一間還不錯的補習班，有團報優惠。」

我皺了皺眉，補習班聽起來就很貴的樣子。我雖然有點心動，但又不得不考慮家裡的狀況。

雖然說爸爸的官司結束會有一筆賠償金，但那筆錢又不知道什麼時候才會下來，何況之後還有上大學的費用……家裡只有媽媽在賺錢，我還是能省就省吧。

「我考慮看看。」說是考慮，我卻是跟周子遙搖了搖頭。

周子遙看懂我的意思，轉向言亦卿問：「那卿卿呢？」

自從去爸爸前公司偷班表的那晚後，周子遙自然而然地改了對言亦卿的稱呼。我雖然有點不高興，那可是從小到大獨屬於我對言亦卿的暱稱，但言亦卿沒有反對的意思，我也只好隨周子遙去了。

「呃，我……其實……」言亦卿猶豫了會才說：「其實我寒假也已經報了其他補習班……」

「我怎麼沒聽你說？」我驚訝地看著言亦卿道。

「因為我想在考前加強術科練習，所以報了寒假術科的加強班。」言亦卿不好意思地說。

「那我……」我本來想說我也一起報名，但卿卿卻阻止我。

「妳不是對美術沒興趣嗎？叫妳整天畫畫妳一定受不了的，妳還不如用這個時間多念書，妳還記得妳有很多科都很危險嗎？」

「呃……」我無法反駁，整個學期都因為分神我爸的事情而無心念書，現在的成績的確是有點……不，非常危險。

「所以妳還不如跟我一起報名考前衝刺班吧？」周子遙壞心地笑了笑說。

我瞪了周子遙一眼，咬牙道：「我考慮看看。」

（五）

最後我還是沒有跟周子遙一起報衝刺班，並不是錢的問題，而是周子遙的衝刺班程度太高。我去試聽過一、兩次，完全跟不上那裡的進度，只好放棄。

結果整個寒輔期間，我和他們兩人的回家時間完全錯開，他們一下課就分別趕往補習班，所以我只能一個人回家。

不知道有多久沒有自己一個人過。和言亦卿成為好朋友後，無論何時我總會陪在卿卿身邊，卿卿也會陪在我身邊。我們一起度過了國小被霸凌的日子，也一起度過了難熬的國中三年，一起考上了同樣的高中，我們被稱作像連體嬰一樣，總是離不開對方。

直到周子遙加入我們上下學的時光，又一起經歷偷班表的事，讓我們三人的關係變得更加緊密。已經習慣了三個人常常在一起的熱鬧，突然只剩自己一個人總覺得四周變得好安靜。

安靜地像是重回小時候的某段時光，爸爸因為工作總是不在家，而媽媽又要照顧失智的奶奶，無暇顧及我。我常常像個透明人般安靜地回家，安靜地做好自己的事。

一個人待在家裡、一個人吃晚餐、一個人做好明天的功課，看著媽媽因為奶奶的事而忙亂，看著爸爸疲憊而沉默的背影，就算在學校被人欺負了，我也不敢說出口。

因為我知道，那都是無可奈何的事。我怎麼能再做那個令他們煩惱擔憂的人呢？

周子遙和言亦卿要念書、要上補習班，高三了，大家的時間配合不上也是沒辦法的，總不可能還期待像以前那樣時刻都在一起。

以後上了大學，在一起的時間肯定更少了吧……

可是為什麼我覺得今天回家的路特別漫長？又特別地寒冷？明明是燈火通明的街道，為什麼前方盡頭的路卻是看不清的黑暗？

為什麼只剩下我一個人呢？

今天媽媽還是上夜班，等到爸爸也成佛離開的話，就真的只剩下我一個人了呢……

不知為何，一股被拋棄、孤單的感受油然而生。

我在火車關門前跳下車，很快地離開車站。我記得言亦卿補習的地方就在學校和火車站中間，偶爾等他一起回家的話也沒關係吧？

我邊走邊想，補習班附近是非常繁榮的商圈，有許多的商家林立，在這裡隨便找間咖啡廳的話，我也可以在等他的時候一邊念書。

反正在外面念書和在家裡念書的效果差不多，是不是以後都可以這樣做呢？我在心裡盤算著這計畫的可行性，在附近的便利商店等著言亦卿下課的時間，在時間快到前從便利商店離開，外帶了兩杯熱咖啡前往言亦卿的補習班，想告訴他以後我每天都會在附近念書等他一起回家，他應該不會拒絕我的提議吧？

一月的晚上氣溫很低，或許是寒流來襲讓人呼出的氣都結成了白霧，偏偏我們學校的制服到了冬天還是穿著裙子，只是材質改成毛呢，穿起來很有日本女子高中生的感覺，但在寒流來的天氣裡卻凍得我的腳直打哆嗦。

我手捧著溫暖的咖啡，站在補習班大樓門口，眼睛直盯著大門，生怕錯過言亦卿的身影。那是一整棟都是補習班的大樓，所以九點半一到，很快就有大批下了課的學生湧了出來。

我的擔心是多慮的，即使在人海中，言亦卿纖瘦高䠷的身材仍是特別顯眼，我一下子就看到他了，但言亦卿第一時間卻沒有看到被人潮淹沒的我。

他可能也沒有想到我會決定在這裡等他。

我很努力地想撥開人潮朝他靠近，但逆流中的我被人潮推擠，離他愈來愈遠。

「卿卿！」我朝著他大喊，希望他能注意到。

言亦卿果然如我所願停下腳步在人群中張望，接著笑了起來。我以為他看見我了，正打算奮力從人群中游過去，卻發現他的視線不在我身上，而是正從補習班大門走出來的周子遙。

我這才想到雖然言亦卿和周子遙是不同補習班，但都在同一棟大樓。

他們在我面前有說有笑地走在一起，完全沒看見在他們身後的我。

言亦卿什麼時候和周子遙變得那麼要好了？

他不是有恐男症嗎？他不是因為以前被霸凌過的關係，所以不敢跟男生說話嗎？那為什麼可以和周子遙有說有笑的呢？

為什麼我不在，他還可以這麼自然地面對周子遙，就連只在我面前展露的女性姿態，也能毫無保留地暴露在周子遙面前。

那明明是只有我才能看見的他，為什麼也給周子遙看見了？

為什麼言亦卿身邊那只屬於我的位置，會被周子遙給占據了？

「啊，對不起！」

我太專心地看著他們兩個，以至於沒注意到朝我而來的人，而狠狠撞了上去，手中早已溫涼的咖啡濺了我滿身。

「同學，妳沒事吧？要不要衛生紙？」被我撞到的路人不但不在意我撞到他，反過來還為我擔心。

和他同行的人抽出了一疊面紙給我，我機械性地接過道謝。

言亦卿和周子遙走得更遠了，他們完全沒發現我的狼狽。

他們沒發現我在這裡被咖啡濺得滿身。

他們丟下我走了，甚至沒有回頭看我一眼。

「同學，妳還好吧？妳表情很難看耶……是身體不舒服嗎？」

我搖搖頭，把眼裡的酸澀眨了回去，匆忙地謝過路人為我的擔憂，倉皇地離開。

我知道，他們只是沒看見我而已。

我知道，他們只是不知道我就在他們身後而已。

可是我無論如何也壓不下心中洶湧而起的嫉妒和失望。

那些醜惡的情緒將我淹沒，我幾乎要無法呼吸。

我無法忍受……言亦卿可能會被周子遙搶走的事實。

（六）

寒假很快就過去了，在這之中我又偷偷地跟去補習班好幾次，每次都看到他們兩個人有說有笑地從補習班大門一起出來。而言亦卿眼中閃閃發亮的光采是我從未見過的，我有一種將要被拋下的恐懼感。

寒假結束馬上就是學測，而我因為滿腦子亂七八糟的事情，考得不甚理想，別說和卿卿當同學，或許連同一所大學都辦不到。

這下……真的只剩我一個人了。

「還有分科考試啊！分科考好一點還是有機會的。」

雖然周子遙和言亦卿拚命安慰我，卻一點也沒讓我的心情好轉。

接著到了二月。

說到二月，理所當然想到的就是情人節。

「卿卿，我想告白。」

情人節那天早上，趁著搭火車時，我拿出巧克力跟言亦卿說。

言亦卿的表情愣了一下，下意識地問：「跟誰？」

我笑了一下：「你不是知道我喜歡周子遙嗎？我還會跟誰告白啊？」

言亦卿的表情不意外地僵了一下，說：「啊……怎麼這麼突然？」

我裝作沒看見他不自然的表情，說：「我想了想，之後我和周子遙可能會上不同的大學，要像現在一樣見面就沒那麼容易了，我想這或許是我在高中最後一次告白的機會。

「你會幫我，對吧？」我看著言亦卿，裝作沒看出他眼底震撼的情緒，故作無知地對他笑著。

「你知道我一直都很喜歡周子遙的……」我輕輕地將頭靠在言亦卿肩上，感受他身體不自然的僵硬，像惡魔一樣低語呢喃。

對，「一直」……

其實早在公車上第一次遇見周子遙，我就隱隱約約有感覺了。

身為女孩子天生對戀愛都是敏感的，每天早上經過周子遙家附近的公車那麼多，怎麼可能每天都那麼巧搭上同一班車？

我假裝不知情地刻意擋在他們之間和周子遙聊天，我知道每天都和我聊天的周子遙，其實大部分的注意力都是落在言亦卿身上，只是曾經的心理陰影讓言亦卿沒有察覺到那份目光。

我知道周子遙一直嘗試想接近言亦卿，但女孩子也都是狡猾的。我只要先說出我喜歡周子遙，那不管周子遙無論如何努力都註定會失敗，因為言亦卿無論如何都不會跟我搶，就算他喜歡周子遙，他都會選擇放棄。

因為我們是最好的朋友、最好的閨密，因為當年他被班上男生霸凌的時候，是我去幫他的。

依著這層情誼，他無論如何都不會背叛我們的友情。

而我無論如何也不想放開言亦卿。

因為我喜歡他。

在那段爸爸忙於工作、媽媽忙著照顧奶奶，最寂寞無助的時間裡，只有言亦卿陪在我身邊，是他填補了我大部分寂寞的時光。

即使我永遠都不會是言亦卿戀愛的對象，我也不想有誰占據了原本屬於我，離他身邊最近的那個位置。

所以我用喜歡周子遙的糖衣包裹摻著毒藥的內心，不去看言亦卿眼底的難過，不去想這麼做會不會傷害到誰。

只要言亦卿不會被周子遙搶走就好了。

「你中午的時候可以幫我約周子遙出來嗎？」我殘忍地要求言亦卿幫忙，我知道言亦卿不會拒絕。「畢竟如果我去約他的話，那跟直接告白也沒什麼兩樣，太丟臉了。」

「……嗯，說得也是。」言亦卿的語氣微微顫抖，但他仍然點了點頭。

中午，我在無人的校園角落裡等著周子遙，遠遠地就看見他滿心歡喜地跑了過來，看見只有我時，眼神明顯地失望。

「卿卿呢？」他左右張望，確定沒有言亦卿的身影，表情困惑了一下。

聽見他親暱的稱呼，我的心像是被針刺了一下，那明明是只有我能叫的稱呼。

從上次闖進我爸前公司開始，他就改口叫「卿卿」了。

說起來是不是該怪我給了他們增進感情的機會？結果我爸沒有成佛，連我的卿卿也要被人搶走了……

吳珊珊，妳到底都在做什麼無用之功？

「卿卿不在，是我叫卿卿找你過來的。」我語氣冷淡地說。

「喔？找我什麼事嗎？」周子遙不疑有他地問。

我抬頭看著周子遙俊朗的眉目，想到寒假中好幾次他和言亦卿兩人肩併肩，有說有笑的樣子，一股被拋下的憤怒蓋過了我的罪惡感。

我把手上的巧克力丟給他，「周子遙，我喜歡你。」

周子遙納悶地接下包裝精美的巧克力，摸不著頭緒地問：「珊珊，妳什麼意思？」

「我說我喜歡你。」我演不來緊張羞澀的樣子，只得僵著表情一個字一個字地複述。

周子遙看著我愣神了一會，噗哧地笑了出來。

「妳在開玩笑嗎？珊珊。」他拿著手上的巧克力，搖著頭，故作輕鬆地笑道：「今天是情人節，不是愚人節吧？妳用一副快殺人的語氣跟我說喜歡我？妳這樣整人不太合格哦！」

「我沒有開玩笑，周子遙，我喜歡你。」

第三次，周子遙才終於斂起了笑容，嚴肅以待。

「妳是認真的？」

「對，我是認真的。」

周子遙看著手中的巧克力，半晌，把它推到我面前。

「對不起，珊珊，我一直只是把妳當朋友而已，我無法對妳有友情以上的感覺……我……」

我猜周子遙還想說更多希望我們維持以前朋友關係的話，但我直接截斷他。

「我知道，你拒絕我也沒關係，反正這樣你跟卿卿也不會有結果。」我等的就是他拒絕我的這一刻，如此一來，這場維持多時的友情戲就能落幕了。

我可以藉口情傷，拉著言亦卿遠離周子遙，周子遙再也別想能接近言亦卿。

「咦？」周子遙錯愕了一下，旋即皺著眉頭問：「珊珊，妳什麼意思？」

「沒什麼意思，反正我被你拒絕了，我走了。」我就像完成了一項任務般轉身想走，卻被周子遙一把拉住。

「說清楚，珊珊，為什麼說我和卿卿不會有結果？」周子遙臉上正經嚴肅的表情是我從未見過的，他向來對誰都是和顏悅色，在班上永遠是好好先生，除了在公車找到性騷擾的大叔那一次外，我沒見過他對誰生氣過。

但他現在的樣子，卻讓人害怕。

「妳想做什麼？妳什麼時候發現我喜歡卿卿的？」他咄咄逼人地問。

我心裡有些驚慌，卻仍然嘴硬道：「放開我，我要走了。」

「妳明明知道我喜歡卿卿，卻還跟我告白……」周子遙死命抓著我，不讓我離開，眉頭皺得死緊，顯然正在試圖推測事情的真相。

很快地，他露出恍然大悟的表情，說：「妳其實並不喜歡我，妳喜歡的是卿卿。」

「卿卿、卿卿的！你憑什麼叫他卿卿？」聽著周子遙一次又一次對言亦卿親暱的稱呼，被戳到痛處的我忍不住憤怒地反駁他。

「我跟他在一起的時間比你久，在他最黑暗、無助、難過的那段時光，是我陪著他走過來的！憑什麼你是後來出現的，就能從我身邊搶走他？你憑什麼資格跟他在一起？」

你憑什麼？周子遙！我心裡忿忿不已，他們兩人並肩在一起，有說有笑的畫面不斷在我腦海中重複播放，我感覺愈來愈無法呼吸，身體裡的氧氣像被抽乾，胸口因缺氧而刺痛只能拚命大口喘氣。

「所以妳故意跟我告白來設計我遠離卿……言亦卿？」周子遙露出難以置信的表情看著我，像是遭到背叛一樣的眼神鞭笞著我的良心。

他一定沒想到我是這麼糟糕的一個人吧？

我抿起嘴不說話，但我的沉默對周子遙而言等於是另一種肯定的回答。

我以為接下來他會大發雷霆、罵我卑鄙、罵我不擇手段，但他只是眉頭深鎖了好一陣子，才長長地嘆了口氣。

「妳為什麼要這樣做？難道妳希望言亦卿一輩子都不要談戀愛嗎？」周子遙的眼神澄澈認真，像是要將我這個人看透，而他的話讓我感覺無地自容。

我知道我這麼做並沒有意義，就算阻止了周子遙，言亦卿戀愛的對象也不會是我，我永遠只能是他的朋友而不是情人。

但就算這樣，那也……

「那也不關你的事。」我甩開他直視著我的眼神，斷然而決裂地說。

就算我永遠不會是卿卿的情人，我也不想他被任何人搶走，在卿卿身邊的只能是我。

「妳不怕言亦卿知道妳這樣做之後會傷心嗎？」

「那你會告訴他嗎？告訴他我是怎樣的一個人？」我也在賭，賭我對周子遙的認識，我的聲音很冷靜，但我的手在發抖。

果然，周子遙沉默了下，輕輕搖頭道：「不會。」

我賭贏了，我知道他不會，周子遙是坦蕩的君子，我只是卑鄙的小人。我賭他不會為了搶走言亦卿而做出讓言亦卿難過的事。正因為如此，我更要不擇手段讓他遠離言亦卿，否則我拿什麼贏過他？

我知道我不可原諒，但已起了頭的事是無法回頭的，我只能做下去。

「我知道你不會，你是好人，你以後還會再遇到更多對象，但我只有卿卿……」所以別來跟我搶……別把卿卿從我身邊帶走……否則我就真的是孤單一個人了。

周子遙卻同情似地看著我說：「我這麼做，不止是因為我喜歡言亦卿，更因為我把妳當成重要的朋友。」

聽著周子遙的回答，我愣住了，怔怔地看著他。

認真來說，我們明明是情敵。

「雖然我的確比不過妳陪在他身邊的時間，但我沒想過從妳身邊搶走他，我沒想過傷害妳，珊珊。」

周子遙認真誠懇的話語重重地打在我心上，讓我的胸口隱隱作痛。

「但如果，妳這麼不想看見我和言亦卿在一起，那麼我答應妳，我不會再接近妳和言亦卿……」周子遙沉重地說。「但我也要請妳好好想想，這麼做對妳、對言亦卿真的好嗎？難道這是妳希望的嗎？」

「……」我沒有回答。周子遙說的話我都知道，但是我……無論如何也不想放手。

周子遙看著我，欲言又止，我卻倔強地避開周子遙的眼神，一句話也不說。

最後，他像是死心一般，慢慢地轉身離開。

一直到最後，他還是一句責備我的話都沒說。

他走後，我無力地蹲了下來，雙手用力地環抱住自己，感覺自己構築很久的心牆正在崩塌。

我不想卿卿被周子遙搶走，可是我是不是也親手斬斷了什麼？

那些三個人在一起笑鬧的回憶在我眼前慢慢浮現，每天早上周子遙熱情的招呼，三不五時的鬥嘴打鬧，言亦卿的溫柔維護……

為了我的事情，兩個人義氣相挺的身影……

——「他只會把我當附近的高中生，不會怎樣……但珊珊絕對不能被看到。」

——「珊珊，妳帶著這個，踩著我的肩膀上去！」

——「珊珊……」

已經回不去了……

我把頭埋進雙膝之間，任眼淚流了滿臉。

第五章

（一）

情人節過後，周子遙果然信守承諾不再接近我們，早上的公車站再也看不到那熟悉開朗的身影。

每天早上又恢復成只有我和言亦卿搭車。

我本來還有點擔心周子遙會不會把情人節那天的事告訴言亦卿，雖然我表現得很強硬，也篤定以他的為人，不會特地去中傷我和言亦卿。

可是我還是害怕，尤其害怕言亦卿知道這件事情後的態度。

所幸日子一天天過去，言亦卿始終待我如常，甚至他以為我失戀，對我又更好了。在他要補習的日子裡，我會在附近的咖啡廳等他一起回家，終於他身邊的位置又是只有我一個人。

我們沒有再提周子遙這個人。

只是偶爾我會看見他眼底浮上一層憂鬱的色彩；偶爾我會看見他下意識尋找某人的身影，在確定找不到時眼底的失望；偶爾我會看見他和周子遙不經意地四目相對，卻又匆忙撇開後眼底的傷痛，我甚至以為他會哭，但他眨眨眼，很快地在我面前恢復成平常的言亦卿。

我甚至再也沒有看見過那天夜裡，言亦卿那閃閃發亮、充滿色彩的眼神。

好似我親手將之抹殺掉了。

因為這樣，我和言亦卿似乎再也回不去過去的親密無間，雖然他待我如昔，又或者說他對我愈好，我心中愈有一道過不去的虧欠。

名為罪惡感的枷鎖束縛著我。

說到底，我就是一個卑鄙的人，擅用周子遙的好心和包容，包藏自己的私心。

也因為我是這樣的一個人，所以我更不敢讓言亦卿發現。

日復一日，我發現雖然言亦卿身邊只有我了，但我卻覺得待在他身邊愈來愈痛苦……

我明明是那麼處心積慮想獨占他、想霸占他身邊的位置，可到頭來我卻一點都不快樂，他眼裡偶然浮現的憂傷、不經意的一個嘆息……都讓我心中的罪惡感不斷加重。

「珊珊……妳最近怎麼了？」爸爸每天都看著我，自然也發現我的不對勁。

雖然他每天對我噓寒問暖，不斷地想探知我的狀況，卻被我以冷漠的態度回避了。

唯獨這天言亦卿剛剛打電話問我能不能來我家，被我一口氣回絕了。

這是很少發生的事。

言亦卿和我相識那麼多年，我們認識彼此的父母，常常都是想來就來，從不需要特別打招呼。

除非吵架的時候。

而我更是從未拒絕他的來訪。

就算吵架的時候。

可是我已經忍受不住內心罪惡感的煎熬，只想離開言亦卿讓自己獲得喘息。

爸爸也是在這時候忍不住開口想問出個原由。

只是我不想回答，或說沒必要讓他知道。
「沒事，都很好。」我搖搖頭，說著顯而易見的謊言。
這只是一個不希望他再追問下去的方式。
「妳跟卿卿吵架了？」但爸爸並不打算放過我。
「沒有。」這是事實，我們沒有吵架，但感覺卻比吵架更糟糕。
「那妳為什麼這陣子看起來都悶悶不樂的？而且卿卿也不來我們家了？」
「他要補習啊！我不是說過他想考設計系，現在都在補習班？」
「那妳呢？妳不是想和他考同一所大學，妳不補習沒關係嗎？」
「我們家哪有那個錢？」我聳肩，不在乎地說。「而且我又不是一定要和他上同所大學，沒有必要連大學都在一起吧？」
「可是妳從小到大最愛跟著卿卿，如果是錢的問題，妳不用擔心……」
「你說這種話是又打算拿命去掙錢嗎？」我忿忿地打斷他的話，道：「你已經沒命了，你還要拿什麼去賺錢？」
爸爸被堵得一時說不出話來，一會才道：「我、我不是這麼意思。」
「那不然你是什麼意思？」

「妳前陣子拿回來的判決書上不是有明列一條賠償金額嗎？有了那筆錢，妳大學想念哪裡都可以，妳根本不需要擔心。」爸爸說。

「……」我看著爸爸的樣子，突然間想通了什麼。

「所以這真的不是你的心願？」我恍然大悟道：「你答應讓我去你前公司偷證據並不是因為你覺得委屈想要伸冤，而是為了讓我可以拿到那筆賠償金？」

所以那個時候爸爸看起來一點也不高興，甚至還有點抱歉的表情，是因為這一切都不是他想做的。

而我為了這件事拖了兩個好朋友下水，因為他們被抓而擔心受怕、愧疚難受。甚至如果沒有這件事，周子遙和言亦卿的感情不會迅速加溫，那說不定我們現在還能維持住以前的友情。

我知道我現在在遷怒，但我無法不感到忿怒。

當我為了完成你的心願而努力時，你卻讓我知道這一切不過是我的自我滿足，不是為了幫助你，而是為了我才這麼做的。

到頭來，是為了我？

是因為我？

「你都死了，幹麼還為我考慮那麼多？」我忿怒道。「你不能想想你自己的事就好了嗎？」

你難道就不能為了自己，好好想想要怎麼成佛嗎？

到頭來，是我阻撓你離開的路嗎？

到底還要讓我變得多難堪？我已經是一個這麼卑鄙自私的人，故意斬斷了好友的緣分。現在還成了自己爸爸無法成佛的原因？

「爸爸只是擔心妳……」

「擔心我做什麼啦？」

像我這樣一個自私的人到底有什麼好的？

我害了言亦卿、害了你，你們卻一個個都對我好？難道不知道你們對我愈好，只會讓我更加自責嗎？

「我自己會念書、會做家事、也會上大學，就算和言亦卿不同校，我自己一個人也沒有問題，你以前沒有擔心過我，現在也不需要你來擔心！

「說到底，你趕快走就好了！這樣我煩心的事也能少一樣！」

我的感情像淤積的河水找不到正確的出口，它滿溢而出、氾濫成災，不斷地傷害著我身邊所有的人。

我卻找不到疏導的方式，無助地看著因我而受傷的人，表情愈來愈悲傷。

爸爸因我的話，痛苦地垂下眼，「對不起啊……珊珊……

「對不起啊……」

那不知重複了多少次的呢喃，像關不緊的水龍頭滴滴答答，惱人又無可奈何。

錯的人明明不是他，而是任性的我、而是脫口傷人的我……為什麼道歉的是你？

「對不起……珊珊……我知道妳辛苦了，妳一定覺得我這個爸爸留在這裡很礙事……但是……對不起……爸爸，也不知道究竟要怎麼做才能離開……」爸爸縮著肩膀拚命地向我道歉。

但我想要的不是道歉，不是看著爸爸在我面前卑躬屈膝的模樣。

不是說只要完成爸爸的遺願，爸爸就能成佛離開了嗎？那麼為什麼我都做了那麼多了，爸爸卻還在這裡？

「為什麼你就是不懂呢？」我不知道該怎麼辦了，我想為他做的事，到頭來卻是他想為我做的。

我真的不知道該怎麼做才能達成爸爸的心願讓他成佛，我心中充滿深深的無力感，卻不知道要如何面對我爸爸。

「你知不知道你這樣下去會變成地縛靈，會一直困在這個家裡……我不想要這樣啊！」我對著爸爸用力哭喊道。

（二）

從我懂事以來，一直看到的都是爸爸和媽媽辛勞工作的背影。

曾經我埋怨過爸爸，為什麼別人家的小孩常常全家出去玩，但我的爸爸從來就只知道工作，只知道開著遊覽車帶別人四處玩樂，卻從來不曾帶過我。

我也怨恨爸爸把家裡的一切都丟給媽媽，明知道奶奶失智的情況多嚴重、明知道兩個姑姑和大伯只是在推卸責任，卻只是當個濫好人般地扛起一切，也不管是不是超過了自己的負擔。

可是當我愈是長大，我愈是明白當個老好人的爸爸有多麼不容易，壓在他身上的擔子有多麼重。

他從來沒有好好笑過，一直都是眉頭深鎖著。因為他知道這個家只能由他來扛著，如果連他也擺爛了，那麼奶奶會變怎樣？那麼這個爺爺留下來的家又會怎麼樣？

雖然他是四個兄弟姊妹中最小的，但當上面的哥哥姊姊都不負責任時，他又能怎麼辦？

「事情總是要有人做啊！」這是他常常說的一句話。

所以，所有的責任就理所當然地落在會做事的他身上。

為了爺爺奶奶，為了大伯和姑姑們丟給他的責任，為了我和我媽，他一刻也不敢停歇。

我知道長期開車讓他的健康亮起了紅燈。

久坐開車的影響讓他的腰椎常常疼痛，甚至有慢性的膀胱炎。

可是他從不在我或媽媽面前喊累。

我知道他其實一直在硬撐。

在媽媽為奶奶失智的事幾乎崩潰的那時候，爸爸也是一個人偷偷躲起來埋怨自己沒辦法給我們更好的生活。

我知道送奶奶去療養院這件事最捨不得的就是爸爸，但他沒有辦法，真的沒有辦法。如果不送去，媽媽會倒下，而爸爸已經對不起媽媽太多，不能讓媽媽的身心也全賠進去。

姑姑們對媽媽的責難，爸爸站在前頭全部擋下。

「我老婆做得夠多了，你們有誰能把媽媽接回去照顧一個月試試？你們有什麼資格對我老婆指指點點？」那是我第一次看見爸爸對姑姑們發那麼大的火。

因為姑姑的年紀比他大上許多，爸爸一直以來都非常地敬重姑姑們，他認為身為么子的他年輕時被父母寵愛，占盡了家裡許多資源，也讓兩個姊姊委屈地承擔了很多事情。所以對於兩個姑姑他向來是能讓就讓，但那一次卻是他被逼到了絕路的反抗，也是唯一的一次。

兩個姑姑自那次後再也不敢對我家指手劃腳，一直到奶奶過世都維持著相敬如賓的態度。

奶奶過世的時候，爸爸對外看著平靜，卻是好幾次在深夜裡，跪在奶奶的棺木前痛哭自己的不孝……

我知道把奶奶送去療養院的決定讓他很自責，也知道直到奶奶過世他都還無法原諒自己。

後來有段時間他過得很消沉，但是現實卻不容許他停下來好好休息。

奶奶住療養院的那些年，沉重的照顧費用幾乎把我們的家底掏空，歷經三代的老房子已不敵歲月，岌岌可危，還有我執意要和言亦卿一起念私校的費用，一件一件都是需要錢的問題。

即使媽媽也幫忙一起工作，但每個月的錢僅是堪用而已，完全填不住財務的漏洞。

又偏偏遇上幾十年來最嚴重的疫情，讓家裡收入銳減。

所以我懂為什麼疫情一緩解後，爸爸就急著上班，也知道為什麼他會讓自己的班表排得滿滿，幾乎沒有休息。

他這一生為了這個家幾乎付出了全部的自己，從來沒有好好休息過，到最後連生命都失去。

看見爸爸躺在棺木的那一刻，我心裡湧上的竟不是悲傷的情緒，而是想著好久沒看見爸爸好好睡著的樣子。

「爸，您終於可以好好休息了。」

躺在棺木裡的爸爸面容安詳，終於不再眉頭深鎖，憂心忡忡。我以為您終於去了一個無憂無慮，再也不用顧慮他人、不用再為他人付出的世界。

可是為什麼？為什麼半年之後您還是回來了呢？

為什麼您無法安心地上天堂或是投胎，為什麼還是回到這個束縛您這麼多年的家裡呢？

看著您變成鬼留在我房間的樣子，您知道我有多麼不捨和心痛嗎？

您應該去更好的地方，而不是留在這窄小的房間裡繼續為我和媽媽操心……

我以為只要我努力去做，就能讓您安心成佛，卻沒想到最後您還是在顧慮我。

沒想到最後我還是那麼無能為力又可笑。

既無法讓您成佛，甚至還斬斷了朋友的幸福。

像我這樣的人有什麼資格值得你們對我好呢？

（三）

我不敢回自己的房間，再看到爸爸的樣子我會難過。

我不知道自己還能做什麼？

或許爸爸會這樣日復一日地成為這個家的地縛靈，而我卻什麼也幫不了他。

我跟媽媽找了藉口，每天晚上都溜進她的房間和她一起睡，就算萬不得已得回房間拿東西，我也盡量不去看爸爸、不和他說話。

人死了，就不該對陽世的事情還留有依戀。

您應該去您該去的地方，而不是留在這裡。

我和言亦卿的矛盾也還持續著，我既想留在他身邊又被內心的罪惡感給折磨。

所以沒多久，我和言亦卿真的吵架了。

說是吵架，其實只是我單方面為了小事在鬧脾氣，言亦卿好聲好氣地哄我，我卻愈來愈生氣。

「反正你也不是真心想跟我在一起的！」也不知道說到什麼，我一時腦熱，順手就將言亦卿推開。

看見他錯愕的表情，我有一瞬間感到後悔，但道歉的話卻又梗在喉嚨裡說不出口，我就這麼逃走了。

我這才知道，即使沒有周子遙，我還是會害怕，還是會擔心……言亦卿是不是勉強和我在一起。

說到底我還是不信任他，就算現在周子遙被我趕走了，也還會再有下一個周子遙……到頭來我還是會被言亦卿拋下，徹底成為孤單的一個人。

小時候孤單的回憶再次湧上心頭，拉開大門總是不見爸爸的身影，媽媽忙著照顧奶奶，而我全身狼狽，制服被弄髒、頭髮也亂了，卻沒人來問我一句「發生什麼事了？」

只有言亦卿。

——『珊珊，對不起，都是因為我才害妳也被他們盯上……嗚……』

——『幹麼道歉，又不是你的錯，他們那些小動作我才不放在眼裡，沒事的，卿卿。』

——『嗚……妳頭髮都被他們扯亂了，我幫妳梳好嗎？』

只有卿卿會為我難過哭泣、只有卿卿會溫柔地幫我重新紮好被他們弄亂的辮子。

若說國小被霸凌、孤立的那段日子，讓言亦卿依賴我、視我為唯一的朋友。

反過來說，我也是。

看言亦卿在新的環境裡被接納、被包容，慢慢地成長出自己的力量；身為朋友我應該為他高興的，但我卻只有被他拋下的恐懼。

言亦卿成長了，而我還困在原來的地方。

我既想抓住他，又怕被他發現我可鄙的面貌，最後還是以最難堪的方式將他推開了。

「我實在愈來愈不懂妳在想什麼？妳明明不惜把我推開也要獨占言亦卿，為何又和言亦卿吵架，單方面和他疏離？」

我和言亦卿冷戰的第二天，周子遙就私下來找我說話。

「關你什麼事？」我冷漠而倔強地回應。現在不需要在他面前裝作喜歡他的模樣，所以我也毫不留情地拒絕他的關心。

「當初是為了不破壞妳和言亦卿的感情，我才選擇退讓，但珊珊……妳看看妳最近做了什麼？」周子遙嘆了口氣，「妳有讓自己快樂嗎？」

說實話，我自己也不懂自己在做什麼，但這不需要你來教訓我吧？

我沒有回答周子遙，逕自將他丟下離去。

那天我藉口不舒服，沒有告訴言亦卿就自行請假提早回家，一回家就看見玄關有雙陌生的短筒馬靴。我疑惑了一瞬，卻沒有看見任何人在客廳，我走上二樓房間，爸爸明顯看起來坐立不安的樣子。

「珊珊，妳回來啦！」

「嗯。」我冷淡地回應，這幾天一直都是這樣。

但爸爸總是一如往常地對我噓寒問暖，似乎一點也不把我們之前的爭吵放在心上。

也是，畢竟擔心他無法成佛，為此生氣吵架的也只有我一個而已。

只是今天爸爸不太一樣，表情看起來總是欲言又止，頻頻地向門口張望，好像那裡有他在意的東西。

終於他那頻繁的動作引起我的好奇，我忍不住問：「你在幹麼？」

爸爸看著門口，想說什麼又不敢的樣子，在我快要不耐煩前才小心地問：「妳有看到來我們家的那個人嗎？」

「誰？」我想到玄關那雙陌生的鞋子，那會是誰的？

「我只聽到聲音，也不是很確定……我覺得應該不可能是他，但是……那個聲音我不可能會認錯……」爸爸反反覆覆地說完，表情像個明明走在熟悉的路上卻突然分不清楚東南西北的孩子，想鎮定卻又擋不住內心的慌亂。

「到底是誰？」我還想再問詳細，卻來不及等爸爸回答，就聽見腳步聲從三樓佛堂走了下來。

瞬間我看見爸爸像隻隨時待命的狗一樣，立刻就往門口看去，好像在等著主人回來。但門是關的，看不見人影，只見爸爸失望了一瞬，旋即又露出掙扎的表情，那是想見又不敢見的矛盾。

這讓我更是好奇來家裡的人究竟是誰？

我立刻打開門，走出房間，就看見媽媽帶著一位陌生男子從樓上走了下來，看見我時愣了一下。

「珊珊，妳怎麼回來了？」媽媽有些驚訝看見我在家，想說什麼但又顧慮身旁陌生的男子，只好忍了下來，略顯不安地向男子介紹道：「她就是阿明的女兒。」

我看著那名陌生的男子，看起來和爸爸差不多年紀，留著中長髮，穿著牛仔外套，帶著一股搞藝術的頹廢氣息站在往三樓的樓梯口，同樣打量著我。

既然剛從三樓下來，那一定是來為爸爸上香的人，否則三樓除了佛堂也沒什麼了。

果然……

「妳好，我叫趙胤，是……妳爸以前認識的人。」雖然看起來頹廢，但男人的語氣很有禮貌，聲音渾厚低沉宛如陳年的威士忌般迷醉人心。

「說那什麼話呢？」媽媽很不滿意地糾正。「你和阿明不是非常要好的朋友嗎？」

趙胤苦笑了一下，那是對於朋友這詞不認同卻又不好意思反駁的笑容。

「珊珊來打招呼，這是趙叔叔。」媽媽向我介紹道。

「趙叔叔你好，我叫吳珊珊。」我禮貌地向他點了點頭，刻意開著房門讓爸爸也能見見這個叫趙胤的男人。

「沒想到妳都長那麼大了……」趙胤感慨地說。

爸爸卻不敢站在門口見人，整個人縮在靠門的牆邊，雖然這時除了我以外沒人看得見他，但他仍然一副怕見了尷尬的模樣，讓我感到匪夷所思。

我以為他是想見老朋友才會有剛剛欲言又止的舉動，但真的要讓他見他又不敢。

「如果你不趕時間，要不要到客廳坐一會，等下留著一起吃飯？」

「不用麻煩，我等會就走。」趙胤客氣地說。

「這麼快？」我下意識脫口而出，爸爸和這個趙胤叔叔的反應實在讓我好奇，明明都特地來為爸爸上香了，為什麼反應卻是如此冷淡？

爸爸也是，為什麼會下意識地躲起來？又沒人看得見他……

「叔叔和我爸爸認識很久了嗎？為什麼我以前沒聽說過你？」我開口試圖挽留，因為我覺得爸爸的反應似乎還想多知道一些趙胤的事。

不料我說完，趙胤的神情瞬時黯淡了下來，扯了扯嘴角自嘲道：「是喔，他居然完全沒跟妳提過？那或許對妳爸爸而言，我只是個不值得一提的人吧？」

「呃……」我頓時意識到我似乎說錯話了。

媽媽也面露尷尬，試圖圓場道：「不是那樣的，只是說了小朋友也不懂，所以才沒刻意提起……」

「喔，沒關係，反正我的事也沒什麼好說的。」

「……」到底這個趙胤和爸爸以前究竟有什麼糾葛，怎麼覺得和爸爸感情不太好？

「趙胤，真的沒有這種事，阿明他……唉……他一直都很珍惜你送給他的吉他……」媽媽愈說愈是心虛的模樣。

「那把……」趙胤挑起一邊眉毛，指了指我半戲謔地說：「被她砸壞的吉他？」

「不是我……」我下意識反駁，旋即又想到講這種話沒多少說服力，只好改口道：「不是故意的……」

說完，我狠狠瞪向站在牆邊不敢說話的爸爸。

那把吉他如果是你朋友送的，你不是應該要好好愛惜嗎？誰讓你把它砸了？現在人家都怪到我身上來了！

「呵……」趙胤反而笑了，這一笑稍稍緩解了尷尬的氣氛，他拍拍我的肩說：「那一砸，很有阿明的風格。」

我不解地看著他。所以他沒有生氣嗎？

居然說很像爸爸的風格，他有看出來那天彈吉他的人是爸爸嗎？

不對，在那之前……我突然想到什麼地瞪大了眼看著趙胤。

「呃？叔叔！你……有看到那個校慶影片？」我整張臉開始發燙漲紅。

趙胤卻是微笑著點頭：「妳彈唱的技巧很不錯，和阿明很像。」

天啊……可以把那段影片全部下架刪掉嗎？我覺得我快要羞愧而死了……

（四）

最後趙胤還是在媽媽的挽留下，和我們一起吃了晚餐。

在等待媽媽準備晚餐的時間，趙胤跟我說了很多他和爸爸當年的往事。

「妳爸爸是個很有熱情、有夢想的人，我們兩個常常一起作夢……」趙胤懷念地說。

如今的趙胤已經是小有名氣的音樂製作人，雖然和當初想要的方式不一樣，但最後還是堅持在音樂這條道路上。

不像爸爸最後不但沒有完成他的夢想，還只成了住在平凡地方的遊覽車司機，最後很平凡地過勞死掉。

而這當中的分歧點就在於爸爸在駐唱的地方偶然認識了媽媽。接著很老套地有了我，爸爸為了負起責任，只好放棄音樂的夢想回到南部老家和媽媽結婚，當然也和趙胤叔叔徹底鬧翻。

「當時很不能諒解妳爸，說好要一起堅持的夢想，就差一步了，為什麼要在我們事業正重要的時候搞出這樣的事情來？我們好不容易有點名氣了、也開始被人注意了，他這一走不但放棄了我們這幾年打下的基礎，也害得我什麼都沒了！」趙胤叔叔嘆了口氣：「我不懂……他怎麼可以這麼輕易地全部捨棄？明明就算結了婚也還是有人繼續做樂團……」

趙胤接著說：「但妳爸說像我這種家裡富裕的人不懂，不懂他要照顧老幼、不懂要為一個家負責的艱辛。我明明什麼都為他著想，他卻把我說得像不懂世事的公子哥，所以我們就大吵了一架，徹底撕破臉，再也不見了……」

趙胤說到這，沉默了，表情像是沉浸在過往的回憶裡，他可能也沒想到，說不見就真的再也見不到了。

「但是啊，過幾年我再想想，妳爸說得也對。我從小富裕慣了，不曾為錢擔心，父母不需要我照顧，也不曾有過家累，一個人自由自在，未曾擔過家庭的責任。但妳爸不一樣，他的父母要依靠他、他還有妳和妳媽要負責，他不再是只有自己一個人，只要顧自己就好。像我們做音樂的收入那麼不穩定，實在是不足以撐起一個家……妳爸選擇退出，回到南部也是一種對自己、對家人負責任的做法……我實在不應該太過責怪他。」

趙胤像有所感悟地說：「說到底就是人生的選擇不同而已，只是當年吵得太凶，說了太多難聽的話，我自尊心高，受不了他說我家裡有錢不懂民間疾苦，我想你要負責，你要過家庭生活你就去吧！反正我們就是不同路的人……

「我賭氣一賭賭了十多年，不跟妳爸聯絡也不想打聽妳爸的消息，明明這是很簡單的一件事，我卻偏偏堅持著無聊的自尊，不肯主動去做這件事……結果拖到現在，妳爸走了，我還是在他都走了半年後才從新聞中知道這個消息……」趙胤的語氣懊悔不已，不自覺帶著哽咽的聲音。

「如果我可以早點來見見他就好了……」

連我聽了都覺得眼眶發熱，難過不已。

我不知道爸爸原來還有這麼一段過去，還有這麼一段懷抱夢想、熱血的過往。曾經一起努力朝夢想前進的兩個人，卻因為爸爸放棄了夢想，選擇了家庭、選擇了我們而造成兩人決裂，從此十多年不曾見過一面，直到天人永隔才後悔沒有早點和好。

所以爸爸也和趙叔叔一樣後悔嗎？

我想到爸爸躲在牆後不敢見趙叔叔的舉動，是因為心懷愧疚，還是無顏以對呢？

晚餐後，趙胤留下了一張名片，又拿了四張音樂祭的票給我們。

「我的團在四月的音樂祭活動上有表演，希望妳們可以過來看看……多的票妳們可以找朋友一起來。」趙胤說。

趙胤叔叔的表情有些遺憾，我想他最想給票的人應該是爸爸吧？可是我又不能讓爸爸進入我的身體，再告訴他我就是吳阿明。

我們將趙胤送到門口，黃色的計程車剛好到達，趙胤和我們道別後走向計程車，不知為何開了門後卻遲遲不上車。躊躇了一會，彎下身子向司機交代等一下後，又走回來我們面前。

「珊珊，叔叔能問妳一件事情嗎？」

「什麼事？」

「妳在影片裡比這個動作是什麼意思呢？」趙胤在我面前先是比出兩根手指隨即彎下其中一根變成一，是爸爸在影片中砸吉他前比的數字。

我愣了一愣，沒多想地回答：「只是倒數的動作，沒別的意思吧？」

我沒想過爸爸在砸吉他前，伸出手指由二變一能有什麼特別的意思？

「喔，說得也是。」趙胤顯然失望地笑了一下。

我和媽媽面面相覷，不知道趙胤在失望什麼？

但趙胤沒有解釋，只是再次向我們道別，垂著肩坐上計程車。我和媽媽揮手目送計程車駛進夜色之中，直到車子轉了彎，再也看不見了，才慢慢將手放下，肩並著肩走進院子。

「當年他和妳爸的表演真的超有默契，那個合聲真是好聽極了！可惜……再也聽不到了。」媽媽的目光落在院子裡那臺布滿了灰塵的車上，它和趙胤一樣再也等不到和他有相同默契的那個人。

我抬頭看向二樓——我房間的窗邊，月光下，有個淡淡的身影同樣將目光落在遠去的人身上。

* * *

送走趙胤後，我回到房間，看見爸爸沮喪地坐在房間中央。

「他都特地來了，你為什麼不敢見他呢？」我想起爸爸看見趙胤就馬上躲在門後的舉動，實在不明白有什麼好躲的？如果像趙胤說的，只是因為吵架而分開的話，那麼現在趙胤都主動來見他了，爸爸也不至於要避不見面吧？

還是因為當初兩人是一起奮鬥的，而如今卻是天差地別的身分，才讓爸爸覺得羞愧所以不敢見趙叔叔呢？我心裡猜想。如今已經是知名音樂製作人的趙胤，和只是遊覽車司機的爸爸，任誰都不會相信他們曾是非常要好的朋友吧？

「我對妳趙叔叔有愧……」爸爸緩緩地開口，這是我第一次聽他說起自己的事。

「妳趙叔叔是帶我進樂團的恩人，他懂很多東西，會很多種樂器，是他教了我很多音樂上的事，樂團的事情一向是他付出心力在打點的，沒有誰比他更有熱情……」

爸爸當時是一個懷抱著音樂夢北上的小夥子，如果不是剛好遇到趙叔叔也不會有機會組成樂團。

那時的爸爸年輕氣盛，還不用為家裡煩憂，和對樂團有熱情理想的趙叔叔一拍即合。兩個人常常在一起暢談對音樂的夢想，也對未來抱著很大的期許。

但是音樂這條路從來就不好走，他們很快就遇到現實的問題……

「趙胤出生在富裕的家庭，從來就不需要為錢擔心，我那時單身只要負責自己的開銷倒還好，但其他團員有的還要照顧家庭，玩樂團只能趁閒暇時，無法像趙胤一樣全心投入……」

因為這樣的分歧，使得他們的樂團成員常常換人，只有爸爸一直和趙胤在一起。

「可是那也沒辦法，樂團的收入不穩定，大部分時候都是大家貼錢進去租場地來練習，到處求人讓我們上臺，有時候一個月甚至接不到一場表演。」

爸爸嘆了口氣，回憶道：「很多人堅持不住走了，我們的團員在短短一年換了又換，每次趙胤總是會罵那些人軟爛，不懂堅持住自己的夢想。那時我年輕又單身，妳大伯雖然靠不住，但家裡還有妳姑姑們在，妳爺爺奶奶身體還硬朗，自然我也就跟妳趙叔叔一樣，覺得人生就應該為夢想堅持才能成功，那些無法堅持的理由都是失敗的人找的藉口。」

因為想法一致，所以爸爸和趙叔叔成了最好的朋友。

「我很崇拜妳趙叔叔，他是個非常有理想、有熱情而且有才氣的人，跟在他身邊就像是跟在一顆耀眼的太陽身邊一樣，可以從他身上看見光芒、看見希望，也會希望成為跟他一樣耀眼的人……只是有時太陽的光太強，也是會灼傷人的。」

爸爸說他慢慢地感受到自己和趙胤間的差異，也感覺到自身才華的侷限，他追不上趙胤的腳步。雖然趙胤總是鼓勵他，也會放低自己的水準配合他，但爸爸卻開始對自己感到自卑。

「要追一個你明知永遠追不上的人是很累的一件事。妳趙胤叔叔很有才華，那是上天的恩賜，有時候我會想在這麼一個有才華的人身邊，到底是好還是不好？我知道跟著他遲早會成功，但那種成功就像是附屬品一樣，是因為有趙胤才會成功。」

這些話我從沒聽爸爸說過，又或者說我從沒有聽爸爸一口氣跟我說那麼多話過，這是爸爸第一次跟我聊起他的過去。在他還活著的時候，我們從沒有時間可以好好的聊天；在他變成鬼魂回來後，我也只是專注在如何讓他回去的方法。雖然那些方法最後都成了徒勞，但此刻因為趙胤叔叔的到來，意外聽聞我所不知道的過往，我又突然覺得爸爸沒有離開真是太好了。

「如果我永遠都不知道趙胤的能力是那麼耀眼，或許我還可以靠著無知在樂團裡多撐幾年。但我沒辦法，認識了趙胤就像知道了天才和凡人間的差距，我既羨慕又嫉妒，然後又厭惡有這種情緒的自己。他是我最好的朋友，我應該要比誰都支持他、無條件地陪著他，卻又無法克制產生這種醜惡心情的自己，我實在很怕被他發現如此醜陋的自己。」

我看著爸爸半透明的身子，慢慢地講述著他和趙胤叔叔的過去，就像在聽著一個我從未聽過但又感覺熟悉的故事。在爸爸低沉平緩的語調中，我彷彿也跟著融入爸爸當時的心情，感覺從未和爸爸如此貼近過。

我好像從爸爸的故事中發覺我和他如此相似的地方，我們都同樣地膽小、同樣地自卑、同樣地害怕被人看破，我們總想努力地撐起自己，努力地佯裝自己一切很好，卻同樣錯失最重要的事。

「那時妳爺爺身體開始不好，一直在催我回南部，那時我才知道妳姑姑們為了讓我去追求夢想，即使年紀到了也不敢嫁人。我對家裡感到愧疚，任性了那麼多年還拿不出像樣的成績，長那麼大也還未為家裡盡過任何責任。」

對自己的自卑、對朋友的嫉妒、對家人的愧疚……許許多多醜惡的情緒在那段時間裡不斷地累積，在不想被好友趙胤發現、也不想被趙胤輕視厭惡的情況下，它累積在心裡慢慢發酵，最終在媽媽懷孕後，有了一個潰堤的出口。

「我開始能體會那些退團的人的心情，那時妳媽剛好懷孕，我想這是我最後一次選擇家庭或夢想的機會。所以我藉此機會跟妳趙叔商量解散的事情，妳趙叔當然不同意，他想盡辦法說服我、挽留我，甚至連以後樂團的收益全歸我這種事都說出口了……」

趙叔叔不知道的是結婚養家只是爸爸想離開的一個藉口，並不是真正的理由，更不知道爸爸心裡的種種糾結，自然他所提出的解決辦法都無法被爸爸接受。而爸爸也不想讓趙胤發現自己內心裡的醜陋，於是兩人惱羞成怒地大吵一架後徹底決裂，再也不相往來至今。

「其實那時如果能和妳趙叔叔好好談一談的話，或許不會鬧得那麼難堪，但當時我並沒有想到以後，在那個當下只想著要顧及自己的自尊……」

爸爸表情懊悔地說：「可當我回到南部後，回想起當時吵架的事，對這樣逃避的自己感到可恥，根本不敢再碰吉他……我一直很後悔失去妳趙胤叔叔這麼好的一個朋友，好幾次我都想過要再聯絡他，但當初實在吵得太凶，我怕以妳趙叔叔的個性根本不會想原諒我……」

那把吉他一直被爸爸深藏在家裡深處，如果不是他死後回來，還穿著一身八〇年代流行的衣服，我根本不會知道爸爸曾組過樂團的事，還有爸爸的遺憾與悔恨。

爸爸深深地嘆了口氣，將深埋十多年的祕密傾吐而出，似乎讓他的身影變得蒼白許多。

「我太自卑膽小……以至於和妳趙叔叔錯失了那麼多年……」

（五）

爸爸的悔恨，似乎某種程度上也對照到我和言亦卿之間。

我是不是也因為無法面對心中卑劣醜陋的自己，而把錯全怪在言亦卿身上？明明是希望和言亦卿永遠在一起，卻因此把他愈推愈遠……

看著爸爸和趙胤，好像也看到十幾年後的我和卿卿一樣。

是不是我們也會因為這樣的事而失去我們原本的情誼？

「你要不要去找趙叔叔？」

顧不得之前和爸爸的爭吵，一想到爸爸和趙胤的處境，我就忍不住脫口而出。

爸爸怔了一下：「怎麼去？」

「當然是用我的身體去找趙叔叔啊！」既然開了口，我就顧不得之前和爸爸的尷尬，滔滔不絕地說下去：「你一定很想跟他道歉吧？既然有這個機會，那你就用我的身體去跟他把話說開啊！」

爸爸怔怔地看著我，不知道是沒有反應過來還是在猶豫。

我繼續說：「你不去說開的話，難道你要讓趙叔叔一輩子都以為是自己的錯嗎？你要讓他搞不清楚真相，莫名其妙地愧疚一生嗎？」

趙胤叔叔的樣貌讓我想到言亦卿。他也是在完全不知道真相的情況下，莫名其妙地被我疏離，他可能也會和趙叔叔一樣過了十多年後還以為是自己的錯。

「你不想和趙叔叔和好嗎？如果錯過這次機會，難道你還指望下一個十年嗎？」一想到這或許就是我和卿卿的未來，我就覺得愧疚難當、心痛不已，讓我非常積極地想幫爸爸和趙胤和好。

「可是……」

「你還在猶豫什麼呢？難得老天再給你一次機會讓你填平今生的遺憾，你怎麼能不把握呢？」

爸爸想了想，畢竟是十多年的鴻溝，一時難以下定決心跨越；但也知道這是最後的機會了，所以沒有想太久就點點頭。

「珊珊，謝謝妳。」

我紅了臉，轉開了視線。

「誰叫你是我爸……」我小小聲地丟下這麼一句。

＊　＊　＊

我馬上用趙胤留下的名片聯絡上他，得知他明天下午就要趕回北部，立即跟他約了明天早上的時間見面。

「那妳明天上學怎麼辦？」

爸爸不愧是爸爸，這種時候還是先擔心我的課業問題。

「當然請假啊！上學哪有你的事重要？」我立即回道。

「珊珊，妳不能隨便請假，妳現在還是學生，要以課業為重……」爸爸端起為人父母的架子想對我說教，似乎忘了我請假的原因。

我很快地打斷他：「爸，這是為了你的事，而且學測考完了，現在上學也不會有什麼新進度，少去一天真的不要緊的，我想趕快解決你和趙叔叔的事情。」

爸爸被我堵到無話可說。

隔天，我假裝上學，趁著媽媽出門後，又偷偷踅了回來，拿掉了手腕上的紅繩和爸爸交換了身分。

爸爸用我的身體走進了主臥室，他說當年我出生時，他本想以此為契機寫信給趙胤，告訴他小孩出生了，藉此做為一種和好的表示。

這也讓我發現爸爸這種人，好像都習慣把自己真正想做的事情隱藏在一個不重要的理由之中，好似沒有給他們一個理由他們就無法做事一樣。就像那封和好的信，明明早就可以寫了，爸爸偏偏要等到我出生滿月後才以此為由寫信給趙胤。

沒想到或許是信寄得太晚，趙胤叔叔早就搬離了那個地方，那封信最後被退了回來。

「其實我本來可以再寄的，我知道他的老家在哪裡，他就算怎麼搬家也不可能連老家都一起搬走……只是寄出這封信已經耗掉我當時所有的勇氣，一看見它被退回來，就好像看見趙胤冷著臉拒絕我的樣子，我就再也沒有勇氣將它寄出……」

爸爸低著頭說，我好像能體會他的心情。就像我也很害怕言亦卿知道我做過的事後，對我露出厭惡的眼神一樣。

於是這十幾年來，那封信始終被爸爸深深地收在不見天日的地方，既不敢看卻也捨不得丟。

那是連媽媽都不知道的存在。

爸爸進了主臥室，很快在櫃子深處將那封信翻了出來，那是一封早已泛黃的信件，信封被塞得鼓鼓的，收件人寫著趙胤，被郵局蓋上查無此人的章，信封口還被牢牢黏著，顯見這些年爸爸也從沒拆過它，一直保留著原樣。

爸爸拿著信，惆悵地看著信封上的收件人名字好一會，才將它收在袋子裡，對我說：「我們走吧。」

（六）

趙胤叔叔下榻在市區中的一間大飯店裡，飯店內附設咖啡廳，趙胤就和我們約在咖啡廳裡見面。

我和爸爸到的時候，趙胤叔叔已經坐在咖啡廳裡等了。

不得不說坐在咖啡廳裡的趙叔叔雖然年過四十，但一身雅痞的風格讓他看起來特別有一種成熟男人的魅力，和爸爸總是那一身司機制服的大叔樣比起來，真的是天差地別。

爸爸遠遠地就在咖啡廳外看見趙胤，不知道是故人情懷，還是覺得相形見絀，竟遲遲不敢向前一步，直到趙胤發現他的存在，主動叫他為止。

「啊，珊珊，這裡。」趙胤站起來向我們招手。當然，他眼裡只看得到我身體的樣子，不知道內裡早已換成我爸爸。

爸爸這才僵硬地點了點頭，走進去。

趙胤向服務生要來菜單，紳士地遞到爸爸面前道：「想吃什麼盡量點，不用客氣。」

爸爸看了眼菜單，客氣地點了杯美式。

「真的只要這樣就好嗎？它這裡的點心很不錯哦，高中女生不是都喜歡吃鬆餅嗎？我推薦這裡的舒芙蕾，很好吃的！」趙胤積極地向爸爸推薦。

我看著菜單上精美的圖片羨慕不已，那個水果舒芙蕾看起來好好吃哦！我也想要試試看這裡的水蜜桃冰釀。

但現在在我身體裡的是爸爸，所以我什麼也不能做。

「不用了，我吃甜的會泛胃酸……」爸爸皺著眉頭，下意識地搖搖頭拒絕。完全忘了這不是他之前的那副破身體，而是我的身體。我才不會因為吃甜食而胃食道逆流呢！

只見話一出口，趙胤就露出同情的眼光看著爸爸：「妳是不是課業壓力太大？怎麼小小年紀就泛胃酸呢？」

「呃……」爸爸這時才發現自己說錯話，但也來不及挽回，只好將錯就錯。

沒多久，爸爸面前送上了一杯熱騰騰的美式咖啡，還附上兩塊小小的手工餅乾。

接著趙胤才進入正題，看著爸爸問：「妳今天來找我有什麼事嗎？」

「呃……我……」爸爸深吸了口氣，像是想給自己開口的勇氣般，在吐氣的同時說道：「趙胤……咳，叔叔，我是來，嗯……想把一封信交給你的。」

「信？」

「是我寫……不，我爸寫的……」

趙胤瞬間坐直了身子問：「阿明寫的？什麼時候？」

「在我小孩……呃不，我出生那年寫的。」爸爸把那封泛黃的信從手提袋中取出，臉上因為緊張而整個泛紅。因為用的是我的身體，整個畫面看起來就像是高中女生用信件告白的場景一樣。

幸好早上的咖啡廳客人不多，但這畫面也足以引起服務生側目了。不過我爸和趙胤都沒意識到這荒謬的場面，趙胤更是急急地從我爸手中接過信封。

他坐回位置上，目光流連在信封的收件人，懷念地說：「啊，的確是阿明的字……但我怎麼會沒有收到呢？」

趙胤看著郵戳上的日期努力回想當時的記憶。

「喔，我想起來了，那年因為當時我太生氣了，想說在北部試了那麼久一直都不順利，甚至連我最好的朋友都離我而去，所以我就搬到中部去找樂團了……」趙胤扯了扯嘴角，苦笑道，「沒想到居然這樣錯過了阿明寄給我的信……」

爸爸看著趙胤，靜靜地沒有說話。可能心裡也在想著許多往事，想著這些年的錯過，不禁唏噓。

趙胤輕撫著泛黃的信封，低聲地問：「我可以打開嗎？」

爸爸點點頭，回道：「本來就是要給你的，當然可以。」

趙胤的手微微顫抖，像是對待珍寶般小心翼翼地拆開泛黃的信封，因為光陰的關係，信封感覺非常脆弱，好像一個用力就會整個粉碎。

所幸裡面的信紙倒是完好無缺。

趙胤將信紙小心翼翼地抽了出來，靜靜坐在椅子上看著。爸爸坐在他對面，安靜地看他讀信，手指無意識地在桌子上敲著。

基於禮貌，我沒有繞到趙胤身旁偷看信紙上的內容，但我大概也猜得出信件上寫了什麼。只見趙胤叔叔慢慢地紅了眼眶，最後將信紙擺到一旁，壓抑著聲音發出了一聲嚎哭。

儘管努力克制著聲音，但趙胤叔叔用力到顫抖的身體，還是引起咖啡廳內其他人的注意。

「如果能早點知道就好了……」趙胤捂著臉，竭力壓抑的哭聲仍一聲又一聲從指縫中流瀉，哀悼著他們這些年錯失的光陰。

爸爸也跟著淚流不止，雙手成拳緊緊握到指節泛白，我想他一定很想跟趙胤說自己就是吳阿明，想用自己的樣子站在趙胤面前親自對他說「對不起」，安慰趙胤不要哭、不要難過。

但他什麼都不能做，那些年的錯過讓他們如今天人永隔，現在站在趙胤面前的是吳珊珊，而不是吳阿明，只能默默地陪著他流淚。

如果當年他們能不要那麼倔強，如果他們能多溝通、多了解對方，如果他們誰能主動將話好好說開……

是不是就不會白白浪費了這些年的時間，是不是他們仍然會是非常要好的朋友？

我看著爸爸和趙胤叔叔，心裡忍不住這麼想。

我好像從這兩個中年大叔身上看見他們年輕時意氣風發的身影，好像可以看見他們當時拿著吉他高談闊論夢想的樣子，在每一次淋漓盡致的表演中發光。也看見他們因為夢想分歧而吵架，最後負氣分開的背影。

那些年的倔強賭氣、後來的體諒理解、現在的遺憾悔恨……都只能化作眼淚流下。

趙胤叔叔情緒激動地哭了好一陣子，爸爸也紅著眼眶，陪著一起默默流淚。我不知道能為他們做什麼，只能手足無措地來回看著他們，過了好一會，趙胤叔叔的情緒才慢慢平穩了下來。

「對不起……」他為自己的失控道歉。「我實在太難過了……如果我能早一點來看阿明就好了！不管他是不是繼續走音樂這條路，他都是我這輩子最好的朋友。」

「你也是我……爸這輩子最好的朋友。」爸爸看著趙胤，像回到二十多年前初見趙胤時的樣子，時光將從前和現在交疊在一起，好似從未分離。

「這十多年來，雖然不曾提起，怕提了難過，但我……爸始終惦記著你。」爸爸看著趙胤，用著我的身體吐露他最真實的心聲。「他會特別在新聞中關注你的消息，他開的遊覽車上一定會放著你們樂團的專輯，只要有人問起那是誰的歌，他一定會向他們推薦是你。

「即使他離開音樂了，但只要你還在音樂界裡，你就永遠都是他的光芒。」

趙胤叔叔點了點頭。「謝謝妳讓我知道了這封信的存在……」

第六章

（一）

結束和趙胤叔叔的會面後，爸爸彷彿落下了重擔般，顯得無比輕鬆。

他踩著雀躍的步伐走向公車站，然後搭上了前往我學校的公車。

「嗯？」我傻愣著看他上了公車才問：「爸，你接下來要去哪裡？」

為什麼不把身體還給我呢？

爸爸看著我，難得有些壞心眼地一笑：「解決完我的事情，再來不是應該去解決妳的事情嗎？」

「啊？」我嚇了一大跳，忙道：「你你你……你要幹麼啊？」

「去找讓妳這陣子心情不好的元凶啊！」

「你你你……你又不知道發生了什麼事？你要找什麼元凶啊？」我簡直嚇到不知所措了。

爸，你現在是要去學校堵人嗎？拜託，不要……

「妳別以為爸爸都在房間裡就不知道妳在外面發生了什麼事……」爸爸輕飄飄的一個眼神看過來，竟讓我一個鬼魂感到遍體生寒。

「你、你怎麼會知道？」

「從小到大，妳只要有什麼不對勁就一定和言亦卿有關。」下了公車，爸爸慢慢地走向我的學校，邊走邊道，「雖然妳不承認，但爸爸看得出來，妳很喜歡他。」

我沒有說話，只是難過地低下頭。我當然無法承認我喜歡卿卿，畢竟他戀愛的對象不會是我，永遠都不可能是身為女生的我。

不管是小說中或現實中，從來都只是性少數在擔心喜歡上異性戀者的問題，沒想到現實中卻是身為異性戀的我喜歡上同性戀。

多麼諷刺。

「我也猜得到卿卿喜歡的是周子遙那個男生，所以妳這陣子才會那麼反常……因為妳最喜歡的卿卿就要被搶走，所以妳急了，對不對？」

爸爸猜得八九不離十，只除了他不知道我為了搶回卿卿做了什麼而已。

我沉默著，不再說話。

儘管我已經開始後悔做過的事情，但我卻不知道要如何破解這個僵局。

我把周子遙趕走，又莫名其妙疏遠言亦卿，事到如今，總不可能是一句對不起就可以挽回的吧？

爸爸走到校門口，等著學校下課，一邊又語重心長地跟我說：「爸爸用自己和趙叔叔這十多年來的例子跟妳說，愈是和重要的朋友吵架就愈是要盡早和好，誠實地好好溝通。不要像我和妳趙叔叔一樣，吵一架吵了十幾年都沒和好，最後還只能用這個樣子去見他……」

道理誰都懂，可是愈是簡單的道理，愈是難以做到。

「爸爸也是到現在才知道，有些話不及時對重要的人說，或許明天、或許下一刻……就再也沒有機會說出口了。珊珊，妳不要等到錯過了，才像我和趙叔叔一樣後悔。」

學校的下課鐘聲響起，陸陸續續有學生從學校裡走了出來。

爸爸就站在門口朝走出來的學生張望，沒多久就看見一個熟悉的身影——周子遙。

他遠遠地看見我爸向他招手，猶豫了一下，才走過來。

「珊珊？」周子遙一來就先關心地問：「妳今天怎麼沒來？」

他的關心讓我感到羞愧，我做了這種事，周子遙卻還是把我當朋友一樣關心。

爸爸一把抓住周子遙的手，說：「我有話跟你們說，等著。」

周子遙嚇了一跳，驚疑不定地看著我爸，再看向抓著他的那隻左手，終於注意到手上沒有紅繩。

「啊……你是……吳爸爸？」

「叫伯父。」

「……」

爸爸瞪了周子遙一眼，又繼續等言亦卿出來。

沒多久言亦卿也夾雜在下課的人潮中走了出來，看見我們三個站在校門口時，嚇了一大跳。

「你……你們……？」

爸爸倒是不管他們的驚訝，逕自道：「找個人少的地方，我跟你們說幾句話就走，不會麻煩你們太多時間的……」

言亦卿和周子遙只能順著我爸的意思，即便滿心疑惑，還是點頭帶著我爸走向學校後門。

（二）

比起學校前門是主要幹道，車多擁擠，後門這裡只臨著一條小路，相對顯得僻靜許多。我爸和周子遙他們站在這裡，也比較不會引人注目。

言亦卿一路上都悄悄地看向我，希望我可以給他點提示，但因為我還沒準備好面對他而始終回避著他的眼神。

卿卿從我這裡得不到任何暗示，所以一到後門就直接開口問：「吳爸爸，發生什麼事了嗎？」

不料爸爸卻突然朝他們深深地一鞠躬，不止嚇了他們一跳，也嚇了我一跳。

「吳爸爸，你在做什麼？」周子遙趕緊扶他起身。

爸爸卻維持著鞠躬的姿勢好一陣子才抬起頭說：「之前官司的事情，我一直沒有機會好好向你們道謝。真的非常謝謝你們這樣幫助珊珊和我們一家。」

周子遙和言亦卿的臉紅了起來，彼此對視了一眼，才開口說話。

「吳……伯父，不需要這樣，這只是朋友間的幫忙。」周子遙在我爸的眼神下，生硬地改口，他大概一直都不知道為什麼我爸只針對他一個人。

「是啊，這沒什麼，珊珊是我最好的朋友，幫助她本來就是應當的。」言亦卿說完抬頭看了我一眼，像是不明白我爸怎麼會突然跑來感謝他們。

我也不知道爸爸為何會這麼說。

「我知道你們從珊珊那邊聽到我的事，都想幫助我完成生前的心願，但其實吳爸爸沒什麼偉大的心願，就只是希望一家人能和和美美地在一起，這樣就夠了……」爸爸長長地嘆了口氣，表情落寞，顯然是想到這已經是件做不到的事情。

周子遙和言亦卿也想到同樣的事情而沉默。

「你們別露出那種表情。」爸爸打破沉重的氣氛笑道：「雖然老天提前收了我的性命，但我同樣很感謝老天補償了我這一段時間，可以跟珊珊還有你們在一起。

「如果不是這樣，我就算活著也是在拚命工作，以前的我只會想著現在多賺一點就可以讓家人和自己以後輕鬆一點，現在多拚一點都是為了未來過更好的日子，卻沒想過人生無常，說結束就結束了。」

爸爸仰起頭，像是努力忍住眼眶中的淚水，道：「甚至我連珊珊被霸凌都不知道……」

我驚訝地看著爸爸，我以為他不知道我曾經被霸凌的事情，畢竟我從來沒有說過，他一個忙於工作的人又是怎麼知道的？

「那件事……是我的錯，珊珊是為了幫我，才被我捲進來的……」言亦卿見我爸自責的樣子，趕緊開口道：「我……很抱歉害珊珊被班上的人霸凌……」

「才不是你害的……你也是受害者啊！」我說。

「對，卿卿，你根本不需要道歉，該道歉的是霸凌別人的人，他們才是做錯事的人。還有我們這些大人，沒有盡責保護好你們，害你們那段日子過得那麼辛苦……你們沒有錯。」爸爸牽起言亦卿的手，一下一下像安慰他一樣拍著他的手背。

卿卿的眼睛慢慢紅了，我也是。

「我很抱歉在該為你們挺身而出的那段時間，沒有即時發現你們被霸凌的事情，害得你們這麼辛苦。也因為這樣，讓珊珊開始習慣依賴你……」爸爸看了我一眼，好像什麼都瞞不過他一樣，一眼就把我看穿。

他沒有說出口的是，我對卿卿的依賴不知不覺扭曲成想獨占的愛情。

「不是，我也同樣依賴珊珊……」言亦卿搖搖頭說。

爸爸只是露出了然的微笑，他知道卿卿口中說的依賴絕對和我的依賴不同，但這又不是能說破的事情。

爸爸繼續說：「我是個失職的父親，從珊珊小的時候就忙著賺錢，沒有多少時間能陪著她，但真的幸好她有你這個好朋友一直陪在她身邊……」

「吳爸爸，您別這麼說……」言亦卿尷尬得不知所措。

「不過我知道朋友間不管再怎麼要好，都難免會遇上齟齬、也難免會遇到不得不分離的時候……雖然你很努力地想陪著珊珊、照顧珊珊，但陪著她並不是你的責任。」爸爸抓了抓頭，苦笑了一下：「雖然這麼說很奇怪，但我很慶幸我在這個時候死掉了，還能得到這段陪著女兒的時間……安慰她、陪著她是我這個失職父親的責任，你只要去做自己想做的事就好，並不需要什麼都依著珊珊……」

「爸……」

「吳爸爸……我並不是……」言亦卿想解釋什麼，又在爸爸一個洞悉的眼神下閉上了嘴。

我看著爸爸的眼神，又看著言亦卿和周子遙站在一起的樣子，我想……我有點懂了爸爸的意思。

「還有你啊！同學！」爸爸伸出拳頭，輕輕打了站在一旁許久的周子遙一下。

周子遙一臉莫名。

「我知道珊珊可能對你做了一些事情，但是你啊，也別太欺負我女兒……」

「我、我沒有……」周子遙忙著搖頭搖手，但眼神又透著心虛。

「有沒有你心知肚明。」爸爸白了他一眼說：「對我乾兒子好一點，不然我一定回來揍你。」

「……」周子遙的臉瞬時炸紅了起來。

言亦卿看看我爸，又看向周子遙紅透的臉，像是聽懂了我爸在說什麼，也跟著紅了臉頰。

爸爸轉頭又對言亦卿說：「但是吳爸爸還是想拜託你一件事……」

「吳爸爸你說……」

「不管未來如何，請你一定要一直當珊珊的好朋友。」

「我們本來就是好朋友了……未來也一定會是。」言亦卿看著我這樣說。

（三）

爸爸又跟上次歌唱比賽的時候一樣，把自己想說的、想做的事做完，紅繩一套，拍拍屁股就走了。

留下我尷尬地面對他們兩個人。

「……」

「……」

周子遙先開口打破了沉默，提了一個和現在的事無關的話題。

「珊珊，妳今天怎麼會請假，妳和伯父去了哪裡嗎？」

感謝周子遙先開了頭，我才有辦法從昨天遇到趙胤叔叔的事開始講下去，一路講到趙胤叔叔和我爸之間的分離，以及這件事所帶給我的感觸。

「所以妳這陣子怪怪的，是因為要上大學的關係嗎？妳怕我們會和妳爸他們一樣分開之後再也不聯絡嗎？」言亦卿試探地問。

周子遙倒是在言亦卿看不見的身後對我挑了挑眉。

我明白是該對言亦卿坦白一切，只是這需要很有勇氣才能開口，即使如此我也不想像爸爸他們一樣，因為膽小和怯懦而放棄了一段最重要的友情。

「不是的……是因為……我對你和周子遙做了不好的事情。」我低著頭不敢看向言亦卿的表情，一鼓作氣地說道：「對不起，卿卿……我怕你喜歡上周子遙之後會不再理我、我怕以後會被你拋下再也當不成你最好的朋友、再也無法獨占你身邊的那個位置……所以……所以我……」

我害怕得冷汗直流，感覺聲音都在顫抖，不敢抬頭，就怕看到卿卿厭惡的眼神。

「所以妳就假裝跟我告白，故意牽制我，讓卿卿無法和我在一起……對嗎？」周子遙把我的話接下去道。

他的聲音直接冷漠得令我害怕，我感覺眼眶一陣發熱，如果不努力控制好像就要在他們面前哭了出來。

「周子遙！」言亦卿像是警告一樣地開口，聲音難得嚴厲。

我不禁疑惑地抬起頭看向似乎在生氣的言亦卿，再看向一臉挨罵的周子遙。

只見周子遙不情願地嘆了口氣，對我說：「其實妳根本不用這樣做……」

「嗯？」

「早在妳跟我告白前，我就已經先被卿卿拒絕了。」周子遙一臉沮喪，像是終於忍不住一樣，坦承道。

「拒絕？為什麼？」我錯愕地看向卿卿，我根本沒聽說過周子遙告白的事。

言亦卿瞪了周子遙一眼，才對著我歉疚地說：「珊珊，對不起，我不是有意要瞞妳的……」

言亦卿想解釋，卻被我打斷。

「那你為什麼拒絕？」我只好奇他為什麼拒絕周子遙的告白，因為我以為卿卿也是喜歡周子遙的。

「都是因為妳啊！」周子遙沒好氣地說。

「因為我跟妳說過我喜歡周子遙嗎？」

言亦卿尷尬地摸了摸臉，說：「不全是因為這樣。」

那到底是怎樣？卿卿卻沒有接著說下去。

不過周子遙馬上就幫我解開了疑問：「因為他說他如果要交男朋友，那個對象必須是妳也同意才行。」

「……嗯？」我從沒聽說過卿卿交男朋友還要我同意？

卿卿白皙的臉一下子就紅透了，尷尬又不好意思地說：「因為妳是我最重要的朋友啊！不是妳也認可的對象，我根本不會考慮和他在一起。」

「為什麼？」我滿臉錯愕。

「當年妳在我被霸凌時幫了我，又因為我而被其他人霸凌，在我對性向困惑徬徨的時候，是妳毫不猶豫地接受我，站在我身邊。妳對我這麼好，我早就決定將來也一定要對妳一樣好，就算未來我有對象，那人也一定要是妳能認可的。我不希望未來我喜歡的人，因為妳不喜歡而被妳疏遠，妳對我而言就是這麼地重要。」言亦卿認真的語氣超乎了我的期待，我從不知道他是這樣認真地看待我和他的關係，甚至還想到那麼遠的事。

「什麼嘛！」我忍不住笑了，同時也覺得眼眶酸澀。

我喜歡言亦卿，但我卻只能站在他朋友的位置上，我一直擔心如果哪天卿卿有了對象，我可能連朋友這位置都變得岌岌可危，卻沒想到在他心中竟是把我放在那麼重要的位置上。

「所以妳那天來找我告白……我真的是傻眼。」周子遙沒好氣道。「妳擔心卿卿會和我交往，但卿卿卻是沒有妳同意的話，不打算交男朋友……我簡直被你們兩個耍得團團轉！所以才忍不住對妳說了那些話……」

——「妳這樣做不怕傷了言亦卿的心嗎？」

我想到周子遙當時的話，現在才恍然大悟。

「你當時故意在誤導我？要引起我的罪惡感？」

然後我還真的上當了！可惡！

「我是被甩的人耶！結果還要被妳用告白牽制……妳有沒有想過我的心情啊？我會想報復一下不為過吧？」周子遙委屈地大喊。

「沒想到你是這麼陰險的人！」

「什麼？我也沒想到妳會做這種事啊！彼此彼此吧？」

「誰跟你彼此彼此！哼！」把我這一個月來的愧疚感還來！

言亦卿夾在我和周子遙間，聽著我和他一言一語地互懟，不知所措。

「你們在說什麼？我怎麼聽不太懂？」

「這件事我以後再跟你細細說明……」周子遙裝作不經意地搭上言亦卿的肩膀。

言亦卿滿頭霧水地看著他。

「拿開你的鹹豬手啦，我還沒同意你可以和卿卿在一起！」我趕緊把卿卿拉過來，避免遭到某人的魔爪。

「我以為妳來道歉就是要同意我和卿卿了……」周子遙不滿地哇哇叫。

「誰說的，那是兩碼子事啦！」我緊緊護著卿卿，不讓某人越雷池一步。

言亦卿在我身後噗哧一笑。「妳總算恢復精神了。」

「最近妳的表現一直都很奇怪，可是我一直想不透妳究竟是怎麼了？」卿卿拉過我的手，溫言軟語地說：「我知道妳其實沒那麼喜歡周子遙，就算情人節那天妳告白失敗，應該也不至於打擊太大……」

看著卿卿的手溫柔地包住我整隻手，讓我有種想向他告白的衝動。

「其實我……」

但卿卿卻打斷我的話，道：「我知道，我永遠都會把妳視為我最重要的人，是最親密的朋友、也是最重要的家人。」

我把想告白的話嚥了回去。

我想有卿卿這句話就夠了，我不需要爭奪他身旁屬於戀人的位置，因為在他心中早已有我專屬的地方，一個比朋友、比戀人都重要的位置。

我想要的不就是如此而已嗎？

「你也是我最重要的人，一輩子的好朋友。」
我回握住他溫暖的手，輕輕地說。

（四）

幾天後，我收到快遞送來了一個巨大的包裹，寄件人是趙胤。
裡面是一把全新的吉他，還附了一封信，不過信的內容有點無厘頭，上面只有畫了兩隻手，一隻比二，一隻比一。
我摸不著頭緒地把這封信拿給爸爸看，爸爸一看就笑了。
「兩人一心，原來他還記得。」
「咦？」我再次看著那封信疑惑，問：「這是什麼意思？」
我想到之前趙叔叔也曾問我在臺上比二、一是什麼意思，只是我當時不假思索地回答是在倒數，現在想起來趙叔叔或許在期待著什麼不一樣的回答，也難怪當時的趙叔叔一臉失望的樣子。
爸爸伸出手指比了一下，緩緩地道：「『ONE』這是當年我和妳趙叔叔的團名，意指兩人一心，當年我們第一次組團上臺時，我太過激動，不小心把吉他給砸壞了。當時一把吉他很貴，但妳趙叔叔毫不猶豫就把他的吉他給我，就是在那時他跟我說，我們兩人從此是一心同體，不分你我。而這個手勢也成了我們的暗號。」

「……所以當時你在臺上那樣比，又砸吉他，是為了要給趙叔叔看嗎？」可是不對啊，那只是一間學校小小的校慶活動，又怎麼保證能讓趙胤看到呢？

果然，爸爸輕輕搖了搖頭，說：「當時又可以重回舞臺上，讓我想起了很多往事，忍不住手就自己動了起來。」

因為那忍不住的手勢意外造成的轟動，才會讓趙胤叔叔看到那支爆紅的影片，進而想起爸爸的事而來到這裡和爸爸見面。

我看著爸爸用溫柔又懷念的目光，看著眼前趙胤送來的吉他，雖然碰不到，但手依然不自覺一下一下撥弄著吉他琴弦。

能有機會和趙胤叔叔和好，真是太好了。我看著爸爸的樣子慶幸地想。

過了一會，爸爸突然問：「趙叔叔給的票，妳要不要約卿卿一起去？」

「啊？可以嗎？」

「當然可以，妳趙叔叔不是給了四張門票？除了妳和妳媽，妳還可以再多約兩個人，就約他們吧。」

我想了想趙叔叔給的音樂祭門票是四月初，正是個人申請第一階段結束，但離第二階段還有一點時間的時候。

或許周子遙和言亦卿他們也會想放鬆一下？

自從那次徹底地攤開來談過之後，我們三個人的關係又恢復如初，甚至更為緊密。

周子遙更是毫不掩飾追求言亦卿的企圖，當然言亦卿也絲毫沒有鬆口答應。我知道卿卿是喜歡周子遙的，也知道卿卿在等我這個好閨密幫他鑑定男人。

但……我哪有那麼簡單就讓他追到我家卿卿的道理？

結果就是周子遙天天找我鬥嘴吵架，也不想想我手上可是握著他和卿卿交往的生殺大權！他還不多巴結我一點？

不過……仔細想想情人節那天的事我還沒向他好好道歉，對卿卿也是。雖然那天把話都說開了，也互相道過歉……應該正式一點賠罪請吃飯？

我向媽媽要了那兩張音樂祭的門票，媽媽也知道我是要約周子遙和言亦卿，很爽快地答應了。

隔天我到學校把這個提議告訴他們，他們沒去過音樂祭，也對音樂祭感到好奇，沒什麼猶豫就答應了。

「不過……妳爸不會想去嗎？」言亦卿突然點醒了我這件事。

因為爸爸表現得和往常一樣，所以我也就沒想到這是爸爸昔日好友的樂團演出，雖然趙叔叔不一定會上臺表演，但怎麼說那也是趙叔叔栽培的樂團，爸爸怎麼可能會不想親眼看看呢？

但是……

「我是可以讓我爸附在我身上過去，只不過有個問題……」我為難地說。

「什麼？」

「我媽其實一直都不知道我爸的存在，如果那天讓我爸附在我身上的話，一定會被我媽看出來吧？」

偏偏爸爸又不像神奇寶貝可以隨時召喚出來又收回去，根據前幾次的經驗得知：

（1）爸爸只有附身在我身上時才能離開我房間。

（2）只要一結束附身，不管人在哪裡都會瞬間拉回至我房間裡。如果要再次附身只能回房間把他帶出來。

所以如果要讓爸爸去音樂祭，就只能讓他整天都附身在我身上，以我爸那種不會隱藏的個性，一定很快就被我媽發現異常的。

「被妳媽發現會怎樣嗎？」周子遙奇道。「妳爸都回來半年了，妳居然都不讓妳媽知道，這不是很奇怪嗎？」

「可是……我媽又看不到我爸。」我努力向他們解釋原因。「我媽很愛我爸，如果她知道我爸在這裡，卻看不見、也摸不到他，甚至也無法和他直接說話的話，那不是很可憐嗎？」

「可不可憐是讓當事人自己決定。不是妳幫他們決定吧？」周子遙質疑道。

我實在很討厭他每次都要反駁我的話。

「我爸也同意這樣做啊！」我說。

周子遙沒見過我爸剛過世時，我媽那個樣子。披頭散髮、失魂落魄，還因為打擊太大，好幾次在喪禮期間引發癲癇，現在好不容易平復下來，我怎麼敢再讓我媽冒那種風險。

「但是你們沒問過妳媽啊！」周子遙不贊同地搖了搖頭說：「如果我是妳媽的話，一定會很想知道妳爸的事情，就算看不見、摸不著、也無法說話，也還是會想陪在他身邊。」

「但你不是我媽！」我有些生氣地說。「更何況我爸遲早會再離開的，到時你要我媽怎麼辦？再一次忍受喪夫之痛嗎？」

「不一定會是那樣吧？」周子遙還想再說什麼，卻被言亦卿嚴厲地打斷。

「周子遙，那是珊珊的家務事，你管太多了？」

「……嗯，對不起。」周子遙馬上像被馴化的小狗一樣乖乖地道歉，這才不再說什麼。

但周子遙的話還是在我心底投下了石頭。

如果我是媽媽的話，我會不會很想再見爸爸一面？

答案是肯定的。

可是在那之後，如果知道對方終究會再離開，那我是否能接受呢？

我不知道。

想想媽媽在得知爸爸驟逝的消息，那傷心欲絕的模樣，我就不想再去賭它一次。

可是當我回到家，看見媽媽坐在餐桌旁，手裡拿著爸爸的照片，眼裡充滿愛意，一副懷念的模樣。

我的心裡又再一次感到動搖。

究竟該不該讓媽媽知道，爸爸回來了，而他現在就在我房間裡？

（五）

我走動的聲音驚動到媽媽，她連忙放下手中的照片，看著我溫柔地笑道：「珊珊，妳回來啦！」

「嗯。」我放下書包走了過去。「妳在看爸爸的照片嗎？」

媽媽羞澀地笑了一下道：「哈，我本來在打掃的，誰知道突然看到妳爸以前的照片，忍不住就入迷了。」

媽媽將照片遞給我又說：「妳看這是妳剛出生時，妳爸第一次抱妳的樣子，他連妳的脖子都扶不好，身體超僵硬的，看著實在好有趣。」

我看著照片裡的爸爸神情緊張，雙手與其說抱不如說捧著小小的我，背景似乎是醫院的嬰兒室，爸爸穿著無菌衣，旁邊還有臺保溫箱。據說媽媽生我的時候早產，照片裡的我體重還不足兩千克，幾乎不到爸爸的雙手大小，臉上戴著豬鼻子，俗稱呼吸管的東西，在爸爸手上顯得那樣脆弱。

「唉……可惜妳爸爸後來不怎麼喜歡拍照，留下來的照片實在少得可憐……早知道他會那麼早走的話，說什麼也要多拍他幾張照片才是。」媽媽長長地嘆了口氣，惋惜地說。

「媽，如果有機會，妳會想見爸爸嗎？」看著媽媽的樣子，今天一直盤旋在心中的問題忍不住就脫口而出。

媽媽怔了一下，笑著道：「如果有機會的話，當然想啊！」

「可是他不一定是用原本的樣子哦！這樣妳也想見嗎？」

「妳幹麼問得那麼認真？這不是假設的問題嗎？事實上哪有可能想見就見得到的呢？妳爸就連我的夢裡都很少出現……真是個無情的人。」媽媽佯裝抱怨，卻透露出一股寂寥。

「就想知道嘛……如果有機會可以跟爸爸說話的話，妳會想嗎？」我的心裡幾乎已經開始動搖要不要讓他們見面了，只是我還想問清楚。「如果妳看不見他本來的樣子、也摸不到他、甚至也聽不見他的聲音……這樣的話，妳還會想見嗎？」

媽媽幾乎失笑。「妳這是什麼問題啊？這樣見了不是等於沒見一樣嗎？」

「對啊，就是幾乎見不到面，但妳知道他在那裡。」我想了想又補充道：「而且見了之後，可能馬上又要面臨分離，這樣的情況下，妳還會覺得非見面不可嗎？」

大概是我太認真的樣子嚇到了媽媽，媽媽斂起了笑容，開始認真思索我的問題。

「如果是這樣的話……我可能還是想見妳爸一面吧？畢竟當初他實在走得太倉促，好多事情我都還來不及問他、也來不及跟他說……」媽媽支起下巴，認真地想了會。「如果真的可以再見面的話，我最想知道的是，他在那裡過得好不好吧？」

媽媽的話徹底震驚了我。

這段日子以來，我是否做錯了決定呢？

一瞬間我有點想坦白爸爸就在我房間裡。

但是又有什麼阻止了我，如果我就這樣向媽媽說出口的話，恐怕難以解釋為什麼我之前都瞞著她。

我抱著不斷被拉扯的心回到房間，爸爸一如往常坐在房間中間，冬天過去了，日照漸漸變長。回到房間時，落日的斜陽正好在房間裡映出一條長長的光芒，爸爸就在光下。

不知道是不是錯覺，我總覺得爸爸的身影變淡了許多。

「爸？」我心裡一緊，叫聲急切許多。

「珊珊？妳回來啦！」爸爸一如之前那樣對著我微笑。

這大半年來，我幾乎都要習慣這樣的方式，於是我愈來愈少提問關於爸爸的心願。我習慣了這樣的生活，幾乎忍不住想如果爸爸的心願一輩子都無法達成的話，是不是可以一輩子維持現在的樣子？

但這似乎也背離我的初衷愈來愈遠，明明一開始我是那麼希望爸爸能早日成佛的。

「爸，」我放下書包，坐到爸爸身旁，問：「你會希望用我的身體和媽媽說說話嗎？」

「嗯？之前不是說好，不要讓妳媽知道嗎？」

「那是因為我以為你很快就會離開，所以不想讓媽媽短時間內承受再次離別……」只是沒想到最後爸爸一待就待了大半年，而且看起來還不打算走的樣子……

「不用了。」爸爸淡淡地打斷我的話。「其實我也沒有特別想跟妳媽說的事情。」

「怎麼會？你們不是很相愛嗎？你怎麼會沒有話想跟媽媽說？」我對爸爸居然如此淡然地拒絕感到大吃一驚。

「剛回來的時候，是挺想跟妳媽說話的……」爸爸盯著我房間和媽媽的臥室相鄰的牆壁，眼神裡滿是柔情。

「想告訴她不要為我難過、要保重身體、工作不要太勉強、夜班下班了就快去睡，不要追劇追到天亮，晚上騎車大燈要開，晚上衣服要穿亮一點。做事情不要急、慢慢來……」

爸爸叨叨絮絮地念著，盡是一些生活上的小事，彷彿說也說不完一樣。

我靜靜地聽著，那些微小的家常，都是爸爸對媽媽的關懷，讓我想起爸爸在世時和媽媽相處的情形。

媽媽的個性強勢，家裡的大小事都是她在處理張羅，她忙著照顧失智的奶奶和年幼的我，卻常常忘記照顧她自己，記憶中只要爸爸在家，總會不斷地叮囑媽媽各種事。

——『妳常吃的保健食品快沒了，我幫妳買了新的，要記得吃。』

——『岳父的生日快到了，我請好假，妳帶珊珊回去給他老人家過生日。』

——『岳父的生日在七月，一月是岳母的生日，妳別老是記反了，妳身為人家的女兒，比我這女婿還不上心。』

每次聽見爸爸的嘮叨，媽媽總會露出一點小女人的姿態，輕輕地勾起嘴角，聳著肩說：『知道了啦！』

說著「知道了」的媽媽，下一次還是讓爸爸再講同樣的事，彷彿當成了一種情趣。

爸爸一口氣講了許多，最後才停下來看向我，笑道：「妳看，真的想跟妳媽說的話一輩子也說不完，就算現在一口氣說了，下次她又忘了。這些日子我反覆地想、一直在想妳媽那個人在大事上精明、小事上卻迷糊，我要多提醒她什麼、要多跟她說什麼，最後愈想愈多，多到說也說不完……」

爸爸一邊講一邊笑，但笑裡卻含著濃濃的憂傷。我聽著只想哭，卻又哭不出來，像是一坨棉花梗在胸口，不重卻讓人窒息。

「我每天在妳房間，因為沒什麼事做，所以有大把的時間可以去想，想著要跟妳媽說什麼。也因為妳的房間就在妳媽旁邊，所以很容易就可以聽見她在房間裡的動靜，聽久了就知道她都在房間裡做什麼……」

說到這，爸爸露出了一點得意的表情，好像知道了什麼厲害的事一樣，說：「我現在光聽妳媽的腳步聲就能知道她的心情，腳步聲鈍鈍的，表示今天精神不太好；腳步聲輕快點，表示今天有好事；站在衣櫃前久一點，表示有重要的事；床鋪的聲音大了點，表示今天睡得不好……」

爸爸細細地說著他的觀察，我很驚訝他居然光用聽的就可以知道媽媽那麼多事情。

「然後慢慢地我發現，她能做到的事情不需要我提醒，她真的做不到的，我就算提醒她也會忘……那這樣的話，我好像說什麼都不需要了……」爸爸支著下巴看著那面相鄰的牆，微微地笑，「我後來想，我需要的並不是我想跟她說什麼或我要留給她什麼，而是知道她沒有我也過得很好就好了，其他的也不需要再多說了。」

我突然想到媽媽也說過類似的話。

——「我最想知道的是，他在那裡過得好不好吧？」

原來相愛的兩個人是如此驚人的相似。

夕陽的餘暉完全隱沒在黛藍色的天空中，房間裡一下子失去最後的光明，但爸爸的周身卻彷彿在閃閃發亮。

我忽然有一種感覺。

爸爸的時間不多了。

（六）

音樂祭辦在臺南海邊，每年都會邀請二、三十個樂團以全天不間斷的方式輪流上臺演出，網路上有各樂團演出的時間，趙叔叔的樂團是最後一天最後一場的壓軸。

因為我和言亦卿平常是腐生物，很少接觸音樂樂團，並不是很懂音樂，周子遙只認識其中一兩個樂團，而媽媽也只有年輕時追過爸爸的樂團，對於現在新興的樂團完全一竅不通。

所以我們商量之後，決定最後一天晚上再入場。

然後從前一天晚上開始，我就不斷地說服爸爸跟我們一起去。

「妳跟卿卿他們去玩就好了……我去會掃你們的興……」

「反正你用我的身體時，卿卿也還是看得到我啊！又沒差！」

「那是你們年輕人玩的地方……」

「媽媽還不是跟我們去了？而且，你不想聽聽看趙叔叔他們的樂團嗎？」

「我都聽過啦！他們出的ＣＤ我都有買了。」

「現場演唱還是和ＣＤ不一樣啊！」

「……」

「去嘛去嘛！拜託啦，爸……」我使出身為女兒最無敵的一招——撒嬌。「陪我們去嘛，你從來沒陪我去玩過耶……而且你不覺得四張票可以帶五個人入場很划算嗎？」

鬼也算人的話。

「……」

就這樣，那天出發前我解下手腕上的紅繩，讓老爸附身在我身上。

由於早就跟言亦卿和周子遙知會過，所以他們那天來我家集合時，也很配合地幫忙掩飾我爸不自然的行為。

媽媽從院子裡開出那臺塵封已久的車子，打算載大家前往音樂祭現場。

媽媽其實是會開車的，只是有爸爸這個專業的司機在，她就不在班門前弄斧。爸爸走後，媽媽因為心傷，整整大半年也不想去動那輛車子，怕觸景傷情，直到決定要去音樂祭後，媽媽才把那輛車子送去保養檢查，再開始使用。

「這輛車好久沒開了。」

保養過的車子從裡到外都煥然一新，就連座椅皮革都仔細地上了油保養。媽媽滿意地坐上駕駛座，東摸西摸一陣子後，等大家都上車了，才轉開鑰匙發動。

「後照鏡，妳還沒檢查後照鏡。」爸爸坐在後座緊張地提醒。

「喔，謝謝妳提醒，珊珊。」媽媽趕緊調了下後照鏡，再從後照鏡中看了爸爸一眼，感激地笑了一下。當然在她眼裡的不是爸爸，而是我。

周子遙坐在副駕駛座上，回頭看了我爸一眼，爸爸低頭裝作沒看到。

我們特意不讓爸爸坐副駕駛座，就是怕爸爸職業病犯了，會對開車的媽媽指指點點露出破綻，但沒想到還沒出發，爸爸果然就先犯了毛病。

「那我們出發了！」媽媽說完，猛一踩油門，車子便大力地頓了一下。

「油門踩輕一點，出去打方向燈……」

「這邊路上又沒車……」

「但妳還是要慢慢開……小心會車！」

「珊珊……我發現妳跟妳爸一樣囉嗦耶……」媽媽從後照鏡中瞪了我一眼，正確來說是我爸。

「以前我不想在妳爸面前開車，就是因為他會整路一直囉嗦我，我才想不然就交給他開好啦！我也省得輕鬆……沒想到，珊珊，妳是學妳爸嗎？」媽媽邊開車邊嘟嘟囔囔地抱怨。

爸爸當然不敢再說話。

好在周子遙即時和我媽聊天，轉移了她的注意力。

「爸，是你自己說不想讓媽媽知道的！你要再小心一點啦！」我扠著腰對爸爸再三叮嚀道。

爸爸摸了摸鼻子，小小聲地說了句：「知道啦。」就沒再說話。

之後爸爸在路上好幾次欲言又止，但在言亦卿和我的暗示下，都硬生生把話給吞了回去。

開了一個多小時後，我們平安地到達目的地。

媽媽停好車，得意走下來說：「看吧，沒有妳爸，我也是可以把車開得很好的！」

我和言亦卿、周子遙三人不約而同地看向我爸，我爸摳了摳臉頰不置可否。

大概是因為音樂祭的關係，天色都要暗了，現場依舊是滿滿的人潮，甚至人還有愈來愈多的感覺。

會場外攤販林立，燈光閃爍，遠遠地還能聽見會場內的音樂聲，熱鬧得像在夜市裡一樣。

「你們三個年輕人要不要先去晃一晃？晚一點我們再一起進場？」

媽媽貼心的提議讓我很心動，可惜現在在身體裡的不是我，媽媽的提議等於是叫爸爸去當我們的監護人一樣。

「呃，不用了，讓卿卿和周子遙去就好了，我留下來陪妳。」爸爸也知道自己不屬於我們年輕人這一掛，主動拒絕道。

但媽媽卻以為是我的貼心，還是把爸爸推向卿卿說：「謝謝妳啊，寶貝，不過不用顧慮媽媽，妳難得喘口氣，就和卿卿他們好好玩吧！」

怕爸爸繼續推拖會引起媽媽懷疑，周子遙和言亦卿還是一左一右地把人架走了。

只是沒多久，爸爸還是一個人甩了我們回來，還順路買了杯熱的珍珠奶茶給媽媽。

「珊珊，妳怎麼自己回來了？」看到我獨自一人過來，媽媽很驚訝。

「他們兩個不需要我這個電燈泡。」爸爸僵硬著聲音，將手中的珍奶塞到媽媽的手上。

媽媽馬上就懂了爸爸的意思，一手接過珍奶，一手摸著爸爸的頭，自以為是地安慰：「我們珊珊長大，變貼心了。」

爸爸好似想說什麼，又閉上了嘴，表情極為不自在卻又彆扭地接受媽媽的摸頭。

我在不遠的地方看著這一幕，偷偷地笑著。

「怎麼了，珊珊，有什麼好笑的？」言亦卿看見我偷笑的表情，好奇地問。

我向他指了指我父母的方向，他轉頭看了一眼，也跟著瞇起眼睛笑了。

「在笑什麼？」周子遙看不到我，只看見言亦卿在笑，便好奇地問。

言亦卿馬上指了我父母的方向說：「珊珊的爸媽感情真好。」

周子遙看了一眼，也如法炮製，伸手摸了摸言亦卿的頭，說：「這樣我們也算感情好嗎？」

「啊啊啊……周子遙，你幹麼？誰准你碰我家卿卿了？」我好想打掉周子遙的手，可是辦不到。

倒是言亦卿自己紅著臉躲開了，說：「別摸，珊珊生氣了。」

「管她！反正我現在又看不到她！哈哈哈……」周子遙大笑，雙手更加肆無忌憚地在卿卿頭上亂揉一把。

「周子遙！」我氣得對他拳打腳踢，但身為鬼魂的我卻動不了他分毫，他甚至連一點點感覺都沒有。

「周、子、遙！」言亦卿表情突變，一字一字咬牙切齒地說。

我和周子遙被這陰冷恐怖的聲音給嚇了一跳，下意識僵著身體不敢動彈，寒毛一根根豎起，一股山雨欲來之色。

言亦卿冷冷地瞪著周子遙，我第一次看見卿卿那麼生氣的樣子，就連周子遙也被言亦卿的臉色給嚇退三步。

「卿、卿卿？」

言亦卿掄起包包，劈頭就往周子遙身上一陣暴打。

「叫你別摸你是聽不懂人話是不是？我弄了一整個早上的頭髮都被你揉

亂了，你怎麼賠我？你這臭直男！」

我嚇傻了。卿卿生氣的樣子好恐怖啊！

周子遙也嚇得抱頭鼠竄，一路上直呼：「我錯了，對不起啊，卿卿老婆別打了！」

「誰是你老婆！」言亦卿不知是羞的還是氣的，當下追著人跑了好幾十公尺遠，揪著周子遙狠踢了好幾下。

……我突然同情起周子遙了。

第七章

（一）

五彩斑爛的燈光投射在黛色的夜空中，空氣中傳來淡淡的煙火味，摩肩擦踵的人群、震耳欲聾的音樂聲、尖叫聲，交織成南臺灣海邊最熱鬧非凡的一場音樂盛典。

因為人潮太多，所以周子遙牽著言亦卿、媽媽牽著爸爸走在人群裡，不時被瘋狂的樂迷們推擠，好幾次險些分散。

這時不免慶幸我是用鬼魂的身分參加，免去了人擠人的不舒服。

每個表演的樂團都各自有自己的樂迷支持，在支持的樂團表演時，樂迷們會衝到最近的位置為樂團加油，等到樂團退場時，樂迷們也會主動退居後位，換下一場支持者樂迷替位。

這好像是參加音樂祭的樂迷們不成文的默契。

我們在現場等了又等，終於等到趙叔叔所屬的樂團上場，現場響起了幾乎要突破天際的尖叫聲，氣氛嗨到最高點。

一個帥氣的貝斯手彈了一下和弦，向樂迷揮手，更是引起前方的樂迷尖叫聲不斷。

但當音樂聲響起時，現場又立即安靜了下來，主唱低沉沙啞帶著魔鬼魅力的嗓音一下子透過音響，環繞整個音樂祭現場，迷惑住所有人的身心靈，讓人不禁隨著音樂輕輕搖擺，情緒隨之起伏，偶爾沉靜溫柔、偶爾高亢激昂。

隨著一首又一首的歌曲結束，連我這個不太聽音樂的人都為之著迷。

而爸爸和媽媽更是緊牽著手沉醉地盯著臺上的樂手，時光彷彿倒回到從前，媽媽還是那個追逐著喜歡的樂團的小粉絲，而爸爸盯著的是曾經閃閃發亮的夢想。

時間來到最後一首歌，主唱突然換了位置站到後面，空出的麥克風由一個意想不到的人上來遞補。

居然是趙胤叔叔！

留著中長髮的趙胤，一身黑夾克、黑皮褲、黑皮靴加上滿身閃亮亮的金屬裝飾，襯托他半頹廢又滄桑的中年魅力，一出場便惹得大家議論紛紛，卻又全部移不開眼睛。

「這最後一首歌，用來懷念一個老朋友，請大家好好享受這場音樂盛典的最後一曲！」趙胤拿著麥克風說完，身後的樂團便極有默契地奏下音樂。

很久以前，有兩個七八少年，
毋知影天高地厚，
帶著一把吉他，就說要征服臺北101……

粗獷的嗓音在音樂聲中緩緩響起，像是曠野中的吟遊詩人在風中述說自己的故事，帶著懷舊的韻味和悠遠的思念。

一路磕磕絆絆，走過多少風雨，
多少年過去了，
這條路我還在走，你卻停了下來。

所有人攏講，愛堅持才會成功，
嘸人諒解，這條路的艱辛。
可是人哪，一生路那麼長，
總有別的風景，是你想去看的。
多少年過去了，
我才終於了解，每個人的路都不同，
每條路上都有值得的風景。
所以朋友啊，你要相信你腳下的路哪，
即使和別人不同，也有所謂的幸福。

趙胤的聲音比剛才年輕的主唱更低沉，音域也不如年輕寬廣，受過傷的嗓子很多音上不去，卻更有一種在塵世中掙扎的傷感。歷經了大半輩子的磨練、無數次的悲歡離別終於走到這一步的感慨，比起成功的喜悅，更多的是對人生的惆悵。

是趙胤叔叔的人生，也是我爸的人生。

在紅、黃、藍、綠各種螢光棒的照映下，像是人生中各種不同的面貌交錯，我爸抬頭仰望著那曾經是他夢想的光芒，淚流滿面。

所以朋友啊，雖然路不同了，
我仍祝你一路順風，
將來某天相聚，再告訴我那邊的風景如何。

一曲結束，大家的情緒還在激昂中，高喊著安可。

爸爸卻突然拿出紅繩套在手腕上，我在沒有心理準備的情況下再次被拉回身體裡，周圍鼎沸的人聲和斑斕的燈光瞬時湧入我的感官中，讓我一時無法適應。

迷炫的視線裡，我彷彿看見爸爸跑到臺上，在人群的驚呼聲中，和趙胤叔叔一起高舉右手，比出他們年少時的祕密手勢。

二、一……砰！

對！又砸了一把吉他……

（二）

音樂祭過後，我又回到正常而忙碌的高三生活。

爸爸還在，每一天都如往常般地坐在我房間裡笑著對我說：「珊珊，妳回來啦。」

接著到了六月畢業典禮過後，周子遙和言亦卿都憑著個人申請，申請到心儀的大學，只有我還必須參加分科考試，每一天都還要到學校自習，幸好言亦卿也會陪我念書，沒有因為自己考上大學就丟下我，可偏偏有言亦卿就有周子遙。

「你都已經考上大學的人，到底還來學校幹麼？」破壞我跟卿卿美好的相處時光。我牽著卿卿的手邊作勢要趕走周子遙。

「我當然是來陪卿卿的，妳以為是來陪妳的啊？」周子遙朝我扮了個鬼臉。

「欠打啊，周子遙！」我瞪了他一眼。

我覺得自從那天我們撕了彼此真面目後，周子遙變得愈來愈欠打，好像天生M屬性般，沒事就要嘴賤討打一下，從前那個陽光爽朗的人設到底跑哪去了？

不過現在都不用我出手，言亦卿反手就從周子遙頭上巴下去。

「我是來陪珊珊念書的，你如果要在這邊吵珊珊的話就給我回去！」言亦卿板起臉生氣地說。

「啊，老婆我錯了，別趕我走……我留在這裡還可以教珊珊念書……」周子遙抱著頭委委屈曲地討饒。

「誰是你老婆？」言亦卿臉一紅，更是毫不留情地連環拍打。

「哎呦哎呦，會痛啦！」周子遙嘴上喊痛，表情卻是笑著，身體更是不躲不閃任卿卿拍打。

「誰叫你亂講話？」明知道周子遙只是嘴上喊痛，但言亦卿還是停手，臉紅紅地瞋了他一眼，倒也不是真的很生氣的那種。

「好啦，那不然老公？」周子遙嬉皮笑臉再次占便宜。

「周、子、遙！」

我拿出隨身的墨鏡戴上，看著他們打打鬧鬧，對他們調侃道：「你們要打情罵俏可以回家再做嗎？我還要念書耶！」

雖然身為海景第一排的觀眾，啃狗糧啃得很開心，但這麼閃，我眼睛也是會痛的。

「啊，對不起……不對，人家才沒有在打情罵俏……」言亦卿被我這麼一說，臉紅到像是要冒煙似的，急急忙忙地想掩飾什麼。

看言亦卿慌慌張張的樣子，我忍不住大笑起來。

雖然和言亦卿當不成情人很可惜，但是看著他和周子遙這對「夫夫」打打鬧鬧的可比有個情人好上數百倍。

正所謂我可以單身，但我的ＣＰ一定要結婚！

這才是身為腐女真正的幸福。

笑鬧了一陣，周子遙才神祕兮兮拿出一串鑰匙，表情得意地在我們面前晃了晃。

「登登，你們看！」

「幹麼？」不過是一串鑰匙，幹麼表現的那麼得意洋洋的樣子？

「妳看不出來嗎？這是機車鑰匙啊！」周子遙用力地在我面前搖晃那把鑰匙，好像我多不識貨一樣。

「你考到駕照了？」言亦卿眨著眼睛說。

「嘿嘿……我一滿十八歲就去考駕照，昨天牽了新車！」周子遙高興地和我們分享考駕照還有牽新車的事。

高中的最後一年，班上同學一個個滿十八歲了，十八歲像是一個分水嶺，過去三年還和我們一起打鬧的朋友，在滿十八歲的這天就像是突然和我們劃開界線，一口氣邁入成人的那一邊，讓還在未滿十八歲這頭的我們既羨慕又嫉妒。

我們是如此殷殷期盼著長大成人，可以像個大人一樣做許多事情，我們是如此期盼擺脫多愁善感的青少年時期，期待著自己成為像父母一樣成熟自主的大人。

周子遙手中的機車鑰匙似乎就是成為大人的一把鑰匙，讓人羨慕。

「暑假我就可以載卿卿你去玩了！」周子遙拉著言亦卿的手，不用多說什麼也能看見他頭上滿是粉紅色泡泡。

「那我呢？」實在是看不慣周子遙那副樣子，我揚著惡劣的笑容故意說道。「我也要和卿卿去玩！」

「咦？摩托車只能載一個人啦！」

「那我可以載珊珊，人家之後也要去考駕照了！」言亦卿無視周子遙滿臉期望的臉，毫不留情地戳破他的粉紅色幻想。

我就知道卿卿一定是站在我這邊的。

「咦咦？卿卿！你不給我載嗎？」

「我自己也會騎車，幹麼給你載？」

「可是我新車第一個想載的是你耶……」

「但我也想和珊珊去玩啊……」

看著周子遙備受打擊的表情，我樂不可支地大笑。

這在幾個月前是難以想像的光景，如今我不由得慶幸還好當時有爸爸推我一把，讓我能和周子遙、言亦卿把話說開，現在才能和他們兩人維持著友情。

我沒有失去誰，反而還得到了更多。

我不禁想著，等我滿十八歲後也要去考駕照，到時可以和他們兩人一起騎車到更遠的地方。

我想像著未來的光景，充滿期待。

（三）

六月底時，我正式滿十八歲了。

雖然在考試前生日很慘，但一大早媽媽還是把我從被窩中叫醒，神祕兮兮地說要送我禮物。

我偷偷瞄了眼在媽媽身旁的爸爸，他好像知道媽媽想做什麼，露出共謀的笑容。

於是我坐上媽媽的機車，一路到監理所。

我的生日禮物居然是要我考駕照嗎？

我在監理所臨時抱佛腳地念完機車筆試題庫，很驚險地以一題之差過關。然後利用筆試和路考之間的空檔，在旁邊的空地加緊練習路考的項目。

「媽，妳不會太趕鴨子上架嗎？什麼都沒說就拉我來考試，不是應該先讓我練習個幾天再來考嗎？」雖然我是很想考駕照，但怎麼可以讓我一點準備都沒有就上場呢？

而且聽周子遙說直線七秒很難，讓我又更緊張了。

「哈哈……考試很簡單要準備什麼？而且妳趕快考上駕照我才能把禮物送給妳啊！」媽媽看起來比我還期待我的禮物。

幸好之前在家裡附近偷騎過幾次機車，不然還真沒把握能一次考過。

從監理站的櫃檯拿到熱騰騰剛出爐的機車駕照，真有一種滿十八歲的真實感。

媽媽比我還開心，把我的駕照拿過去看了許久，才感慨地說：「真的長大了呢！」

陽光落在媽媽臉上，在眼角處反射出細碎的亮光。

接著媽媽在載我回去的路上繞去了電動機車行，我以為她只是要訂車給我當生日禮物，沒想到居然是直接交車讓我騎回家。

「喜歡嗎？為了這個顏色，我可是提前好幾個月就來預定了。」媽媽說。

而我早就被眼前的新車所吸引，再也聽不進其他。

車身是適合女性的迷你復古造型，顏色是優雅美麗的星空紫色，車款是最新型的，可用手機APP解鎖，車子不大，即使是像我這樣個子小的女生也能輕鬆地立起中柱。交車的同時，門市人員也仔細地教我如何使用APP和電動車的注意事項。

車子啟動時，因為和手機的APP連動，而APP又有設定我的生日，所以車子突然大聲地響起「生日快樂」的歌曲，把我和門市人員都嚇了一跳。

「原來今天是妹妹生日啊，生日快樂！」門市人員非常善解人意地祝我生日快樂，免去我的尷尬。

媽媽看來早就知道有這個功能了，在一旁拚命忍著笑聲。

「謝謝。」我害羞地向門市人員道謝，雖然不是什麼丟臉的事，但還是止不住臉上的臊熱。

我以為「生日快樂」的歌到此結束了，沒想到當車子騎回家熄火時又當著來我家幫我慶生的言亦卿和周子遙面前又唱了一次「生日快樂」。只是這次都是熟識的人，感覺才沒那麼令人害羞，只是不免被周子遙逮到機會調侃了一下。

接著他們就在我家裡為我辦了一場小小的慶生會，爸爸雖然只能在我房間裡不能參加，但我知道他一直都在那裡。

慶生會結束後，我向媽媽為機車的事道謝。

「我沒想到妳會直接買新車給我，媽，謝謝妳。」

我是想過滿十八歲後要考機車駕照，但我一直以為會先騎媽媽的舊機車，卻沒想到媽媽竟是直接買了一輛新車給我。

「妳喜歡就好！」媽媽開心地笑道。

「可是這個花了不少錢吧……」我滿心歡喜的同時又對於花了大錢而感

到不安。

「嗯，的確，我沒想到現在的機車居然這麼貴，再加點錢都可以買一臺二手汽車了……」

「……」媽媽說的價格讓我感到心虛，我從來沒收過那麼貴重的禮物。

「但是啊……」媽媽語氣一轉，又道：「這是妳爸爸想送妳的。」

「爸爸？」

「嗯，我們很早就在討論等妳十八歲生日的時候要送妳什麼，畢竟這是妳重要的十八歲。我本來是想送妳保險當生日禮物的，因為我想說保險這種東西愈早保，保費愈便宜，但妳爸爸反對……」媽媽回憶道。

「保險啊……」果然是務實的媽媽會有的想法，我想像自己收到保險單當生日禮物的樣子，心裡不免一陣後怕，幸好爸爸反對。

「妳爸爸說妳之後就要上大學了，要給妳買一臺機車比較方便，他說女孩子有機車，才能行動自主，比較不會被隨便的男生拐去……」媽媽似乎想到什麼有趣的事，眉眼彎彎的，滿是笑意。「妳爸每次只要提到妳的事就特別緊張，就怕妳被人騙、被人拐走……」

媽媽笑著說起爸爸的事，我心頭卻一陣蕩起別樣的感受。

「但那時候我說『現在一臺機車動輒七、八萬塊，之後還有珊珊的學費、一堆有的沒的錢要繳……哪有辦法買新車給她？不如買保險，每個月只要繳幾百塊，我們可以幫她付個十年……』，結果妳爸完全不聽我的，總是說『錢我會存給她買』，我以為他只是說說而已，沒想到……」媽媽從抽屜裡拿出一本有點舊的存摺放到我手上。

「這是什麼？」我打開存摺，吸引我目光的不是存摺裡的數字有多少，而是它的存款明細，每一筆存入的金額旁邊一定會有一條備註「給珊珊××用」。

我看到許多不同名目的備註，有「給珊珊結婚用」、「給珊珊買房用」、「給珊珊留學用」、「給珊珊買車用」……一條一條的金額或許不大，卻能聯想到爸爸在櫃檯前存入這筆錢的心情。

「這個存摺連我都不知道放在哪，還是妳爸爸走後，他同事從他常開的車上找到的。」媽媽的笑帶著懷念和一絲寂寥，她看著我手上的存摺，輕輕地說道：「難怪那時他說會有錢給妳買機車，原來這些年他都偷偷地在存妳的私房錢……」

我捏著那本存摺，心裡五味雜陳，存摺的表面十分破舊，像是被人常常使用的樣子，我想像爸爸把存摺放在他常開的遊覽車上，沒事就翻開它的模樣。

「所以妳的機車是妳爸爸生前送給妳的禮物。」媽媽指了指存摺說。

我緊握著存摺，再也待不住，匆匆結束和媽媽的對話，便衝回自己的房間。

夜幕已然落下，房間裡一片昏暗，但爸爸的周身卻似有螢光般隱約發亮。

「爸！」

「啊，寶貝，生日快樂！」爸爸看見我進來，笑著對我說。

他的身影淡得幾乎要隨著螢光消逝，我心中突突地跳著，趕忙把房間裡的燈全部打開。

燈一亮，我看見爸爸的身影又恢復正常，心裡才鬆了一口氣。

「怎麼啦？怎麼臉色這麼難看？」爸爸似乎不知道自己剛才發生什麼事，只是擔心著我的臉色不好。

我才發現雖然我理智上一直希望爸爸能趕快離開，趕快成佛，但在感情上，我還是捨不得爸爸。

「沒事……」雖然碰不到爸爸，我還是輕輕地抱了他一下。

「車子，謝謝你……」

謝謝你很多很多事……

爸爸突然出現的這一年雖然經歷了很多不可思議的事情，但也感謝他的出現，媽媽才能打贏了那場官司、我和言亦卿的感情才沒有變質，他仍然是我最好的朋友，而且他也終於從霸凌的陰影中走出，正式交到男朋友，而且他的男朋友也是我的好朋友。

感謝這一年爸爸你回來了，雖然是以很特別的方式，但也讓我得到久違的陪伴，除了更了解爸爸是怎麼樣的一個人外，也更深刻地感受到爸爸對我的愛。

「謝謝你，爸爸。」

（四）

日子又一天天過去，從生日那天後，爸爸的身影時常變得淡薄，有時候房間的光線太強，我甚至會看不見他。

在分科考試結束後的某天，那天天氣非常晴朗，天空很藍，藍得沒有一絲白雲，蟬鳴聲一大早就將正在放暑假的我吵醒。

「早，珊珊寶貝。」

「爸，早。」

我揉著惺忪的眼睛，視野裡隱約看見爸爸淡薄的身影和他淺淺的笑容，我習以為常地回了聲「早」，便騎了機車出門。

那是一個連馬路都會被蒸出熱氣的炎熱夏日，當我熱烘烘地回到房間，房間裡卻再也找不到爸爸的身影。

我翻遍了整個房間，爸爸卻如同他出現時那樣，消失得也是那樣突然。

著急的我馬上跑去找言亦卿，他立刻帶我去問他們家的三太子，爸爸去了哪裡？

出來迎接我們的還是當時那個廟公，一知道我們的來意便說：「免找啊，伊回去啊！」

「回去哪？」我一時沒反應過來，傻傻地問。

廟公慈祥地摸了摸我的頭說：「妳忘了嗎？妳爸爸本來就不屬於這裡，三太子說『祂已圓滿，成佛去了，妳免擱掛念祂。』」

「可是……我什麼都沒做……我還沒完成祂的心願啊！」我有點慌，

最近一直都沒再提過爸爸的心願這件事，之前做的事也都不是他真正的心願，我以為我還有時間，在他達成心願前，他還可以再陪我一陣子……

「傻孩子，妳還不了解妳爸嗎？他想要的從來不是妳為他做什麼，而是他能為妳做什麼……」

不知為何，我突然想起席慕蓉那首詩——〈一棵開花的樹〉。

離開三太子廟後，腦裡轉的除了廟公的話以外，就是席慕蓉的那首詩不停地竄入。

『他想要的從來不是妳為他做什麼，而是他能為妳做什麼……』

和爸爸在深夜練習吉他的畫面浮現在腦海中，那是第一次和爸爸一起準備校慶、一起上臺唱歌。

和爸爸計畫著潛入前公司偷資料的回憶，那是第一次和爸爸一起計畫、一起合作的大事。

『我很崇拜你趙叔叔，他是個非常有理想、有熱情而且有才氣的人……』

我想到那晚的促膝長談，如果不是因為爸爸成了鬼魂回來，我永遠不會有這樣的機會認識不一樣的爸爸。

『爸爸用自己和趙叔叔這十多年來的例子跟妳說，愈是和重要的朋友吵架就愈是要盡早和好……』

『我知道朋友間不管再怎麼要好，都難免會遇上齟齬……但陪著她並不是你的責任。』

如果不是爸爸，我和言亦卿可能還陷在僵局裡無法化解。

『你會希望用我的身體和媽媽說說話嗎？』我問。

『不用了，其實我也沒有特別想跟妳媽說的事情。』爸爸看著我，臉上帶著我習慣的淺淺笑容回答。

我現在回想起來，才發現爸爸變成鬼回來後，所做的每件事、每個行為背後都是因為我。

『為什麼我爸會出現在我房間？又為什麼他會附在我身上？』

我想起最一開始遇見廟公，問過他的話。

原來爸爸的心願早在一開始就再清楚不過……

『人家說『死人直、死人直。』就是說死掉的人最直接了，他們沒有什麼彎彎繞繞的想法，會出現在妳房間，大概是因為那是他生前最留戀的地方。』

席慕蓉的那首詩在我心裡轉化成爸爸的形象。

為了我，爸爸在佛前求祂再給他一段時間……

『雖然老天提前收了我的性命，但我同樣很感謝老天補償了我這一段時間，可以跟珊珊還有你們在一起。』

爸爸說過的話再一次回到腦海中。

或許是意識到爸爸真的走了，也或許是慶幸爸爸真的走了。

我的眼淚開始流個不停，就連在爸爸的喪禮上都沒哭得那麼慘過。

但幸好言亦卿陪著我，他默默地抱著我，讓我依靠，陪我哭完。

言亦卿這輩子都不會是我的情人，但他會是我的朋友、我的家人，在我需要的時候，永遠都在。

爸爸消失的那天，媽媽雖然從不知道爸爸回來過，但她似乎也有所感應，那天她久違地踏進我的房間，把我的房間大掃除了一番，也從中翻出了我深藏的十八禁漫畫小說。

當我回家看到她擺出來的漫畫時，我真的有一種既視感，還有一種想死的感覺。
「原來我不在家的時候，妳都在給我偷偷看這些兒童不宜的東西？」
「……」真是，早不翻晚不翻……偏偏挑今天。
不過她說因為我滿十八了，所以不跟我計較，讓我安然逃過一劫。
「幸好妳爸不在了，如果他知道妳在看這些東西，一定會跟我大驚小怪很久……」媽媽笑著說。
我心裡偷偷吐槽：他早就知道了，而且也大驚小怪過了，還差點以為妳女兒是女同志。
當時令人崩潰的事情，現在都成了足以珍藏的回憶。
所有的一切都令人感恩。
謝謝你，爸爸。
恭喜你，成佛。

尾聲

後來我如願考上某大學的中國文學系，但系上所教的東西都和我想像的不一樣。

「妳還真的以為上中文系是讓妳快樂吃腐的啊？」周子遙不客氣地吐槽我。

我當然沒有抱著那麼天真的幻想，但難免有那麼一點點期待。

不過我還是念得很認真，期許有一天能完成我的腐女大業。

我們三個人後來各自考上不同的大學、各自在不同的地方努力，雖然身不在同一處，但心都是在一起，只要有空我們就會相約一起返鄉。

言亦卿和周子遙的感情依舊恩恩愛愛，老是閃得我眼睛，能坐第一排吃狗糧，我是很開心，只是他們常常連吵架都要算上我一份，這就讓人苦惱了。

接著日復一日、年復一年過去，轉眼大四將要畢業的我決定回家考公職。

再次踏入久違的房間裡，感覺空氣都不一樣了。

好像空氣都在閃閃發亮。

……閃閃發亮？

這好像不是我的錯覺？

我眨了眨眼，定睛一看，房間裡的確有個東西在閃閃發亮。

啊～誰人會凍瞭解，做舞女的悲哀，

暗暗流著目屎，也是格甲笑咳咳。

啊～來來來跳舞，腳步開始搖動，

就不管他人是誰，人生是一場夢……

嘹亮的歌聲帶著臺語獨有的鼻腔，一個梳著三、四十年代復古髮型的女人，身穿著閃亮誇張、粉紅色帶羽毛的舞衣，在我房間內兀自搖擺。

「……」

這誰啦？

女人沉醉在自己的歌聲中，完全沒發現我在旁邊，直到一曲終了，才像是終於發現我般露出燦爛的笑容。

「哎呀，這不是我的寶貝孫女珊珊嗎？妳終於回來啦！」

「……奶奶？」

「喔呵呵呵……見到奶奶開不開心啊？」

見鬼了，妳都死多久啦？誰見到妳會開心啊！

「我聽說妳幫阿明成佛了，奶奶呢……也有點小小的心願想拜託妳……」

拜託，別再來煩我了啦！

—全書完—

番外　天使的笑靨

今天凌晨忽有所感，只睡了不到四小時就醒來，然後再也睡不著。

她起身從抽屜底下翻出一張泛黃的照片，那是她老公吳阿明年輕時的照片，昨天晚上女兒珊珊不知為何，大半夜撐著不睡覺等她回來，又拉著她在房間裡閒聊，後來是她看珊珊一副快撐不住的樣子，才趕著她去睡覺。

她想，珊珊或許是寂寞了。自從老公離世後，這個本就只有三個人的小家庭變得更加冷清了。自己忙著工作也忙著為過勞死的老公打官司，幾乎很少在家，幸好珊珊這個女兒獨立又懂事，讓她很放心，幾乎忘了珊珊不過是個十七歲的小女孩。

她看著手中的照片，照片裡的吳阿明梳著當時流行的油頭，一身金屬風的皮夾克，看起來瀟灑不羈，帶著少年人意氣風發的樣子，眼神閃閃發亮，滿是對未來的期盼。

那是阿明還在樂團時的照片，因為離開樂團當時和朋友趙胤鬧得不愉快，再加上阿明心中有愧，所以那時期的照片幾乎所剩無幾，手裡的這張照片是當時極少數留下來的照片之一。

她看著照片裡的阿明那樣充滿自信明亮的眼神，自生活開始忙碌後，已經好久不曾見過了。

也不知道為什麼會突然懷念起那時候的一切，那時候她和阿明還那麼年輕，對未來抱著憧憬。

年少輕狂，是那麼無所畏懼，充滿信心和力量。

可後來……一切都變了。

「叩、叩。」門被輕敲了兩下，驚醒了沉浸在回憶中的她。

「媽，妳怎麼那麼早起來？不多睡會？」一張和吳阿明有幾分相似的臉出現在房門口，年輕稚嫩的嗓音充滿關心地詢問。

「醒了就睡不著了，沒關係，我下午上班前會再睡一下。」她轉過頭，對著站在門口的女兒溫柔地說。

吳珊珊走了進來，看著她手上的照片好奇地問：「妳在看什麼東西？」

她將手上的照片遞給了她，說：「不知道為什麼突然想起妳爸年輕時的樣子，所以去找了這張照片出來。」

「天啊！」吳珊珊看著照片驚呼了一聲，不敢置信地說：「這是爸爸？」

她被女兒的反應逗笑，視線回到照片上，回憶瞬時湧上心頭：「很帥吧？當初有好幾個女生喜歡他……可是妳爸只喜歡我一個。」

『在人海中初見妳，像臘月雪裡初綻的梅，在我心頭落下一抹紅……』

吳阿明向她告白的那一天，從未聽過的全新歌曲在毫無預警的情況下，在駐唱的舞臺上用吳阿明特有的清亮嗓音緩緩唱出。

在臺下的她整個愣住了，她聽得出來歌詞中的梅指的正是她名字裡的梅。

記得那天，臺下的女孩們都為之躁動，但吳阿明卻從頭到尾只專注地看她一人。

最後，他走下臺，她的心跳狂奔。臺上的趙胤還在彈著吉他，用最浪漫的音樂取代告白的花朵。

吳阿明牽起她的手，他的掌心微微溼涼，深邃的黑眸中有著熾熱的溫度。

『小梅，妳喜歡剛才那首歌嗎？那是我第一次自己作詞作曲的歌……』背後的趙胤突然故意加重了某個音節，讓本就緊張的阿明顯得更加不知所措。

『啊，不是，好啦，阿胤也有幫我……不，我要說的是，這首歌是要送給妳的……』

趙胤這時用吉他再次彈出剛剛那首歌的旋律，臉上露出戲暱又溫暖的笑容。

阿明繼續牽著她的手說：『我想我們認識有一段時間了，妳又是那麼支持我，每場演唱都能看到妳在現場，這讓我很高興……我想說……雖然我們樂團還沒什麼名氣……但如果……如果妳也喜歡我的話……能不能和我在一起？』

自己一直仰望的偶像居然主動來到她面前告白，那是所有女生夢寐以求的告白時刻，怎麼能拒絕？

那時的她，覺得自己簡直幸福到要死在那一刻了。

「……真是看不出來。」

「和現在差很多吧？」看著女兒難以置信的樣子，她忍不住笑了笑，決定收回照片，把女兒趕出門。

「好了，妳快出門吧，再不出門妳就趕不上火車了！」

不怪女兒不敢相信，就連她現在拿起照片也覺得彷彿不同人般。都是因為發生了很多事情啊……她想。

看著吳珊珊急急忙忙地趕出門，陳心梅陷入了回憶裡。

她們家姊妹都是用花命名的，老大的名字裡有桂，二姊是蘭，她是梅。長大了才聽說梅這個字用來取名不好。

「不經一番寒徹骨，怎得梅花撲鼻香。」意指梅花必須生長在嚴寒艱辛的環境下，才能開出美麗的花朵。

因此有人說用這個字取名的人前半生都會過得比一般人辛苦些，晚年才能享受開花的成果。

可她一點也不覺得自己有何辛苦。

她生長在大家庭中，有五個兄弟姊妹，她是最小的女兒。家裡雖不是什麼大富大貴的人家，但從小也是不虞匱乏。

在全家人的疼愛下長大的她，在一次陪朋友去追地下樂團的時候認識了主唱吳阿明，從此陷入了熱戀之中。

「梅這個字很適合妳，冰清玉骨、寒風傲雪，既堅強又漂亮，感覺什麼事情都難不倒妳。」和吳阿明交往的時候，他曾這麼對她說。「我就是喜歡妳的自信堅強，在臺上的時候，我總能一眼就看到妳。」

那時和朋友組樂團的阿明似乎遇上了低潮，遲遲沒有亮眼成績的樂團，老家那邊對他發出催促的聲音，而後又發現自己能力的侷限，不足以跟上才華洋溢的朋友，因而萌生退意，卻又不敢讓朋友知道。

夾在老家和朋友間，還有自己萌生的自卑感，讓吳阿明每日鬱鬱寡歡。

陳心梅很想成為支持他的力量，就像那時還是他粉絲的時候，為了他而打聽出他所有駐唱的時間和地點，然後一場不漏地到處跑。

那時的她很年輕，覺得為了愛可以不惜一切。

「如果你缺少離開的理由，不如就用我當理由吧！」她向阿明如此提議，一邊撫著尚未明顯的小腹，眼神堅定地說：「我懷孕了。」

她看見阿明驚訝又欣喜的眼神，看著她欲言又止，之後是一陣長長的沉默。

其實她並不是想用這個孩子絆住他，在發現這個孩子的時候她就想過，如果阿明未來還想繼續從事樂團的工作，她願意繼續支持他，自己一個人撫養孩子。但現在是阿明困於樂團和家人間，找不到一個可以下定決心的理由，她願意成為他的理由。

從小她就是家中最獨立自主、又有主見的孩子，連父母都拿她沒辦法。

在那個唯父母之命是從的傳統大家庭裡，身為女孩子的她早早被家裡的人催婚。她兄姊們的對象都是父母介紹，相親結婚，只有她追求自由戀愛，很早就認定吳阿明，置家裡的聲音於不顧。

大家都說玩樂團的男人沒真心，但她相信在舞臺上唱著真摯動人情歌的阿明，他的人和他的歌一樣誠摯。

事實上，阿明聽完她的話很快就做出決定。

「對不起啊，小梅。」他喊著她小名的聲音充滿珍惜的情感。「妳嫁給我，跟我回去會很辛苦。但是啊，我跟妳保證，我一定會努力讓妳過好日子的。」

雖然後來因為要結婚回鄉的事和阿明最好的朋友鬧翻，但下定決心的阿明仍舊帶著她到她父母跟前提親。

她的父母知道她的決定都勸她：「妳嫁那麼遠，爸爸媽媽很難照顧到妳，妳會很辛苦的，為什麼不再考慮看看呢？」

但她選擇相信阿明，相信眼前為了娶她而跪在她父母面前，誠懇地求他們點頭答應的男人。那個在舞臺上意氣風發的人，為了她放下自尊，言辭懇切地向她父母表達會好好照顧她，讓她如何不感動？

她相信阿明，也相信他的承諾，相信他們的未來能夠好好地在一起過著幸福的日子。

「我跟妳保證，我一定會努力賺錢，或許沒辦法讓妳過上大富大貴的日子，但我一定不會辜負妳。」他們結婚那日，阿明牽著她的手，用著堅定的眼神向她說。

其實她沒有奢求錦衣玉食的生活，她從不是嬌嫩需要呵護的玫瑰，她是在冬雪裡堅忍綻放的梅花。

就這樣，她和吳阿明結婚，來到他的家鄉。

遠嫁他鄉不是件容易的事情，沒有熟悉的親人、沒有認識的環境，很多東西都要從頭開始，可她卻沒有時間去慢慢適應。

孩子很快就出生，因為早產，體重不足，身體虛弱，花了一大筆住院費才撿回一條命，她也因此被醫生斷言不適合懷孕。

在那個年代，傳宗接代仍是女人重要的責任，不能再生對陳心梅的打擊很大，但吳阿明卻安慰她。

「我這輩子有這個女兒就夠了。」他握著她的手，看著保溫箱裡好不容易平安出世的女兒，淚流滿面地說。

孩子被取名為珊珊，如其名是阿明心中最珍貴美好的事物。

珊珊在他們期望中健康成長茁壯，沒有人對陳心梅不能再生的事有任何閒言，或許全被吳阿明擋了下來，這讓陳心梅漸漸釋懷不能生的事情。

接著吳阿明的爸爸生病，年紀大了，沒折騰多久就過世。

她一個才嫁過來沒兩年的新媳婦，還沒適應為人妻、為人母的身分，便要陪著阿明撐起一個家的責任。一邊帶著孩子做著家務、一邊操持公公的喪事，處理公公留下的遺產。

這才發現公公留下的東西，除了現在住的房子以外，其他的田產、金飾都讓吳阿明上面的大哥和姊姊們瓜分了。

「沒辦法，大哥很早以前就拿了家裡的錢跑了，現在只要知道他在哪裡好好活著就好，爸媽也不指望他能回來幫忙。我姊姊她們因為我之前去玩樂團而代替我照顧家裡，被我耽誤了好些年不敢嫁人，所以那些錢給她們是應該的，我不希望她們因為娘家沒有錢而讓她們被婆家看不起……」吳阿明這麼解釋著。

陳心梅雖然覺得有些委屈，但想到這就是吳阿明的個性。他總是善良地為所有人著想，寧願自己吃虧也不願占人半分便宜，而自己就是喜歡他這樣的個性，雖然在舞臺上光鮮亮麗，私下卻是老實善良。

這樣一想，也接受了吳阿明對兄姊的寬厚。

畢竟那些都是身外之財，只要努力就能再賺回來。陳心梅是這麼想的。

卻沒想到接著換婆婆的健康出了問題。

那時吳珊珊剛上小學，陳心梅本想著要趁女兒上小學後結束育兒開始工作，卻因為婆婆的關係而使得工作的事情暫緩。

婆婆是失智症，一開始病情尚能自理，只是常常出了門就迷路，或是掉了錢包，必須有人隨時看著。

但後來情況愈來愈惡化，伴隨失智症常有的性情大變，常常弄得人仰馬翻，讓人疲累不堪。

到了珊珊五、六年級那年，是婆婆失智症最嚴重的一年，不僅大小便失禁，還動輒失控對她暴力相向。照顧婆婆耗費了她所有的精神和力氣，她甚至沒有心力去照顧自己的女兒珊珊。

在對女兒的愧疚還有照顧病人的壓力下，陳心梅的精神開始出現狀況。她患上憂鬱症，動不動就流淚，甚至不斷有想死的念頭。

終於有天憂鬱症嚴重的她，在分不清現實和幻想的情況下，差點拿枕頭悶死婆婆。雖然很快地清醒過來，沒有釀成大禍，但也讓她的精神潰堤，她知道自己再也撐不下去。

吳阿明知道後並沒有怪她，反而是安慰她、抱著她，陪著她大哭了一場。吳阿明一直跟她道歉，是他害她過著那麼辛苦的生活。

「我說過要努力讓妳過好日子，讓妳不會後悔嫁給我的……我答應過妳爸媽要好好照顧妳的……但我居然把妳逼成了這個樣子……」吳阿明自責又難過，眼淚掉個不停。

自認識以來，她好像從沒看過這個男人哭得像小孩一樣傷心。她知道他一直都很努力維持著這個家，為了掙更多的錢，他把所有時間排滿工作，鎮日忙得不見人影。他不是故意把家裡的事丟給她一個人承擔，在上面的兄姊都不願承擔責任、而母親又不能丟下不顧的情況下，他是真的沒辦法、走投無路了。

後來他們決定把婆婆送去專門的安養院，度過剩餘的晚年。

這在當時是一個非常艱難的決定，在那個重視孝道的年代，送安養院就好像是遺棄父母般的重罪。

不止吳阿明的姊姊們不諒解，就連鄰居也在說三道四，但吳阿明把這些責難都扛下了。陳心梅不難想像做下這個決定的阿明心裡有多麼痛苦，照顧父母晚年本是他放棄樂團的夢想回到家鄉原因之一，但現在他卻是將母親送到安養院，讓母親在安養院中度過餘生。

偏偏這又是個不得不做的痛苦決定，除了她憂鬱症的關係，吳阿明也發現在他們都忙於工作和照顧病人的期間，自己最心愛的女兒居然在學校中被人霸凌，而他們完全不知情。

還是將母親送走，吳珊珊都從小學畢業好一陣子之後，吳阿明才從別人口中知道這件事。在這之前，吳阿明和陳心梅只是疑惑為何珊珊和言亦卿在小學之後愈走愈近，甚至還非要上同一間高中不可。

他們只當這兩個人的友情堅定，卻從沒細想過其中緣由。

吳阿明知道之後，又是難過自責了好久。他眉間的皺紋愈來愈深，整個人也失去了從前那意氣風發的樣子，他愈來愈沉默，也愈來愈不愛笑。

唯一不變的是他對家人的關心。

他每個星期再忙，仍是會抽出時間去安養院探望婆婆。

他會記得提醒她回診的日子，看見她的保健食品快吃完了，也會默默地幫她補充新的。

他會幫迷糊的她把車子加滿油，天冷時會把她的外套拿出來放在顯眼的地方。就算在外工作，每天也記得傳簡訊提醒她照顧自己。

他幫珊珊存了一筆錢，那是他從拮据的生活中一點一點省出來的錢，他常常拿出將來要留給珊珊的存摺對她說：「將來珊珊如果有喜歡的人，要結婚的話，這個就是她的嫁妝，我要多存一點，這是將來她在夫家的底氣。」

他會自己講到眼眶含淚，說珊珊將來的老公一定要對她很好，他才能放心。

然後她會笑他：「珊珊還小啊！」

「我知道，但是當年妳也是這麼年輕就嫁給我了。」他撫摸著她被歲月拖磨，早已不再細嫩的手，不捨地說。

那些年他們都很努力，眼淚只敢躲著掉，相信未來會愈來愈好。

「不經一番寒徹骨，怎得梅花撲鼻香。阿明，你說對嗎？」

又過了好一陣子，好不容易和阿明的前公司打完官司取得勝利，正覺得鬆一口氣，也終於覺得對得起阿明時，某天她在打掃時看見放在櫃子上的相框，那是阿明第一次抱著女兒珊珊的照片。

她一時心生感觸，忍不住坐下來拿著相框仔仔細細地看著。

那年因為妊娠高血壓導致女兒未滿三十四週便早產出世，自己也因此吃足了苦頭，把阿明給嚇壞了。

照片裡他抱著好不容易撿回一命的女兒，開心得又笑又哭的樣子，時至今日，她依然記得。

她看著照片，忍不住落淚。

怎麼艱難的日子剛過，梅花正要開枝，你就走了？

走得如此突然，令人措手不及。就在兩人描繪著未來晚年生活時，一下子，全成了泡影。

高三的珊珊在這時走了進來，忽然問她：「媽，如果有機會，妳會想見到爸爸嗎？」

如果有機會，她當然想。不管他變成了什麼樣子，能再看看他總是好的。

「可是他不一定是用原本的樣子哦！這樣妳也想見嗎？」

珊珊認真急切的樣子嚇了她一跳，這難道不是一個假設性的問題嗎？為什麼要這麼認真呢？

「如果妳看不見他本來的樣子、也摸不到他、甚至也聽不見他的聲音……這樣的話，妳還會想見嗎？」珊珊的表情慎重又擔心的樣子，讓她也跟著認真以對。

「如果是這樣的話……我可能還是想見妳爸一面吧？畢竟當初他實在走得太倉促，好多事情我都還來不及問他、也來不及跟他說……」她支起下巴，仔細地想了會。「如果真的可以再見面的話，我最想知道的是，他在那裡過得好不好吧？」

你好嗎？在天堂的日子還會不會累？是不是已放下所有煩心的事，當個無憂無慮的天使呢？

他走得太早、太突然，她其實還有好多話想跟他說，但是又有一種什麼都不用說他也會知道的感覺。

畢竟都那麼多年的夫妻了，很多話不說彼此也能了解。她只想知道，在那個世界的他是否過得安好？

七月的某一天，她難得地踏入女兒的房間，平常為了尊重珊珊的隱私，她不會輕易涉足她的房間。但這天她突然福至心靈地想，珊珊就要上大學了，以後她的房間就要空了下來，不如趁上大學前幫她整理一下，順便整理要帶去宿舍的東西。

然後她看見珊珊放在房間角落的一把木吉他，那是趙胤寄來給珊珊的，但珊珊好像自校慶之後就沒看她彈過吉他了。

她把那把吉他拿了出來，放在地上仔細端詳。

回想年少時阿明拿著吉他站在舞臺上意氣風發的樣子。一身金屬風的皮夾克，看起來瀟灑不羈，歌聲卻是溫柔清澈，眼神多情浪漫，她幾乎是一見鍾情地愛上了他。

這麼多年了，他在舞臺上的樣子至今仍鮮明如昨日一般，從未忘懷。

她回想他們戀愛時的甜蜜、結婚以後那些茶米油鹽的日子，那些點點滴滴……

在一起的日子雖然不如理想中的長久，也不如童話故事中的幸福美滿，但那些胼手胝足一起苦過的日子，如今回想起來，竟也如巧克力一般帶著苦甜的滋味。

她的手指輕輕地撥弄吉他弦，發出錚錚不成調的聲響。即使當年阿明曾手把手地教過她彈，但沒有天賦的她至今仍不懂吉他的彈法。

『太難了，我不要學，反正以後有你彈給我聽。』

她記得那時阿明只是苦笑著說好。

怎知後來再也沒聽過他彈吉他了。

她摸著吉他，懷念年少時的點點滴滴。

「說好要給我過好日子的人，怎麼就先走了呢？」水滴落在吉他上，一滴、兩滴……

阿明走後這兩年發生了好多事，她好想說給他聽。

你知道，你女兒學會彈吉他了嗎？她竟然會彈當年你告白唱給我的那首情歌，她在校慶上彈吉他的樣子好像你……

你知道，我們官司打贏了嗎？有人匿名寄了你們公司的班表給我當證據，冥冥之中好像有人在幫助我們一樣。

你知道，珊珊好像在談戀愛嗎？這陣子總是神祕兮兮的，半夜都還聽得到她講電話的聲音。她終於從言亦卿身邊畢業了，就不知道她新的對象是誰？

你知道，你以前組樂團的那個朋友——趙胤，他有來看你嗎？他現在是很厲害的音樂製作人，還給了我們門票讓我們去看他的樂團表演，他還現場唱了一首新歌，如果你還在的話，真應該去現場聽聽看。

你知道……珊珊滿十八歲了嗎？你以前總是擔心那麼小的珊珊沒辦法平安長大，現在她已經成年就要上大學了。

你總是呵護在掌心的小女兒，就快要離開家裡了，你會跟我一樣捨不得嗎？

那天天氣很好，天空很藍，藍得沒有一絲雜質，陽光很大，照得房間裡暖烘烘的，她坐在吉他旁有一下沒一下地撥弄吉他弦，像是藉著吉他和心愛的他說話一樣。

她不知道的是，在她的對面，有個淡得幾乎看不見的身影，正對著她微笑。

『小梅，妳說的，我都知道喔。』

—完—

後記

大家好，我是無聊種子。

話說我看書的時候最喜歡看作者後記，沒想到輪到自己寫後記時居然這麼緊張（笑）。

先感謝大家翻閱這本書，很高興原創星球的思思們給予機會，讓這個故事能以實體書出版。

當初看到徵文主題時，只是想寫一個輕鬆搞笑的靈異故事，但沒想到最後讓自己噴出一堆眼淚，實在很喜歡故事裡各個人物間的感情。雖然他們沒有很偉大的背景、也沒有很厲害的能力，他們平凡到就很像我們日常身邊的人物一樣，可正因為平凡所以更加真實。

我一直很喜歡這種平凡人物的小故事。

當初寫稿的時候哭過一回，後來修稿的時候又再哭一次，每一次修稿都感覺自己又更貼近人物內心……雖然是自己寫的故事，但還是被感動得亂七八糟（笑）。感謝我的編輯們不斷督促我，給予我修稿上的意見，最後這個故事才能夠以更加理想的方式呈現出來，希望能把故事中的感情透過文字傳達給你們。

也感謝KIDISLAND・兒童島老師畫出這麼美好的封面，雖然故事裡沒有明說，但裡面的景物其實是仿照我的家鄉描寫出來的。我很驚訝老師居然這麼精準地捕捉到那個畫面，想當初看到封面草稿，心中那一百個震撼：這不是我家××那附近的風景嗎!?

對於KIDISLAND・兒童島老師真心只有佩服而已！

感謝一路上陪伴支持我創作的人，因為有你們，這條路上才不孤單。

謝謝看我故事的你們，如果能讓你們從故事中得到一點娛樂，就是我最大的榮幸了！

歡迎來原創星球找我玩，我還有很多不同類型的故事想說給你們聽！期待在星球看到你們。

國家圖書館出版品預行編目資料

男・吳阿明・投佛 / 無聊種子作 . -- 一版 . -- 臺北市：
城邦文化事業股份有限公司尖端出版：英屬蓋曼群島
商家庭傳媒股份有限公司城邦分公司尖端出版發行，
2023.08
面；　公分
ISBN 978-626-356-911-9（平裝）

863.57　　112009378

逆思流

男・吳阿明・投佛

著　者／無聊種子　繪　者／KIDISLAND・兒童島
執行長／陳君平　美術總監／沙雲佩　國際版權／黃令歡、梁名儀
榮譽發行人／黃鎮隆　美術編輯／陳又荻　企劃宣傳／陳品萱
協　理／洪琇菁　執行編輯／石書豪　內文排版／謝青秀
總編輯／呂尚燁　文字校對／施亞蒨

出　版／城邦文化事業股份有限公司 尖端出版
台北市中山區民生東路二段一四一號十樓
電話：（〇二）二五〇〇—七六〇〇
傳真：（〇二）二五〇〇—二六八三
E-mail：7novels@mail2.spp.com.tw
發　行／英屬蓋曼群島商家庭傳媒股份有限公司城邦分公司 尖端出版
台北市中山區民生東路二段一四一號十樓
電話：（〇二）二五〇〇—七六〇〇（代表號）
傳真：（〇二）二五〇〇—一九七九
中彰投以北經銷／楨彥有限公司（含宜花東）
電話：（〇二）八九一九—三三六九
傳真：（〇二）八九一四—五五二四
雲嘉以南／智豐圖書有限公司
（嘉義公司）電話：（〇五）二三三—三八五二
傳真：（〇五）二三三—三八六三
（高雄公司）電話：（〇七）三七三—〇〇七九
傳真：（〇七）三七三—〇〇八七
香港經銷／城邦（香港）出版集團有限公司
香港灣仔駱克道一九三號東超商業中心一樓
電話：（八五二）二五〇八—六二三一
傳真：（八五二）二五七八—九三三七
E-mail：hkcite@biznetvigator.com
新馬經銷／城邦（馬新）出版集團 Cite（M）Sdn. Bhd.
E-mail：cite@cite.com.my
法律顧問／王子文律師　元禾法律事務所
台北市羅斯福路三段三十七號十五樓
二〇二三年八月一版一刷

郵購注意事項：
1.填妥劃撥單資料：帳號：50003021戶名：英屬蓋曼群島商家庭傳媒(股)公司城邦分公司。2.通信欄內註明訂購書名與冊數。3.劃撥金額低於500元，請加附掛號郵資50元。如劃撥日起 10～14日，仍未收到書時，請洽劃撥組。劃撥專線TEL：(03)312-4212 ・ FAX：(03)322-4621。E-mail：marketing@spp.com.tw